青い夜の底

小池真理子怪奇幻想傑作選2

小池真理子

角川ホラー文庫
17138

目次

鬼灯《ほおずき》

その朝、起きてすぐ、信子《のぶこ》さんの家に行きたくなった。行きたい、行こう、行かなくちゃ……何かに急《せ》きたてられるようにしてそう思った。どうしてなのか、理由がわからず、自分でも気味が悪くなるほどだった。

夫を送り出してから、すぐに電話機に飛びついた。電話をかけなくなってもう何年にもなる。だが、電話番号はそらで覚えていた。

コール音が長く続いた。昔から信子さんの家に電話をかけて、すぐに誰かが出たためしはない。諦《あきら》めずに待っていた。

十三回目のコール音を数え終えた時、静かに先方の受話器がはずされた。君江《きみえ》さんの声がした。

信子さんは若かったころから身体の弱い人だった。君江さんは、そんな信子さんの身のまわりの世話をするために雇われた。当初は、結婚するまで、という約束だったはずなのに、いつのまにか時が流れた。君江さんはそのままずっと、信子さんの傍に寄り添い、四年前、信子さんが亡くなってしまってからも、たった一人、信子さんが住んでいた家にとどまってひっそりと暮らしている。

「美也子《みやこ》です」と私が名乗ると、君江さんは「おやまあ」と言った。昔からの君江さんの口癖だった。ちっとも変わっていない。そう思うと嬉《うれ》しくなった。

君江さんと最後に電話で話をしたのは三年前。信子さんの後を追うようにして、私の父が病死した時である。その時、君江さんは、持病のリウマチの具合が悪く、葬儀には出られそうにない、と言った。

かまわないよ、ただ亡くなったことを伝えたいと思っただけだから、と私が言うと、君江さんは「旦那様《だんな》におよろしく」と言った。すすり泣きの中で、囁《ささや》くようにそう言ったのが印象的だった。

父の喪もあけないうちに夫の転勤があり、夫婦でそろって慌ただしく渡米した。サンフランシスコに暮らしたのは二年と少し。再び東京本社勤務を命ぜられた夫と共に、つい先頃、帰国したばかりである。

あちらから送った荷物の整理だの、人に貸していた家の掃除だの、挨拶《あいさつ》まわりだの、やらねばならないことに忙殺され、未《いま》だに父の墓参にも行っていない。もちろん、信子さんの墓参にも。

電話口でそうぼやいてみせると、君江さんはそれには応《こた》えず、「こちらにお戻りでしたら、そのうちお顔を見せてくださいな」と言った。

そのつもりで電話したのよ、と私は言った。「早速だけど、今日、午後にでも伺いたいの。突然、行きたくなったのよ。ほんとに突然。不思議なくらい」

「まあ、と言ったきり、君江さんはしばし、言葉を詰まらせた。泣いているようだった。

「どうかした？　君江さん。大丈夫？」

申し訳ありません、と君江さんは妙に甲高い声で、とりつくろうように言った。「来ていただけるなんて、あんまり嬉しかったものですから」

私は笑ってみせた。「大げさね。電車に乗ればすぐじゃないの。じゃあ、行くわよ。かまわないのね？」

「もちろんですとも。お待ち申し上げております」

電話が切れた。心なし、唐突な切れ方だった。

暑い日になりそうだった。天気予報では、大気の状態が不安定なので、午後には雷雨になるだろう、と伝えていた。

雨に降られると困るので、洗った洗濯物は風呂場《ふろば》に干した。ひと通りの家事をすませ、早めの昼食をとってから、紺色の麻のスーツに着替えた。

ジャケットの胸ポケットに何か入っていた。つまみ出してみて、ぎょっとした。それは、信子さんが亡くなった時、葬儀の際に配られたお清め用の塩の包みだった。信子さんの菩《ぼ》提寺《だいじ》の名が小さく印刷されてある。

葬儀には間違いなく喪服を着ていったはずだった。どうしてあの時の塩が喪服ではない、別の服のポケットに入っているのか、わからなかった。しかも四年もたってから。ふいにとりとめのない、沈みこむような気持ちにかられた。

塩を屑《くず》かごに捨てようとして、思いとどまった。まるで信子さんを捨てるような感じがしたからだ。私は塩の包みをバッグにしのばせ、折り畳み傘を手に外に出た。

見上げると、暑さに淀《よど》んだ東京の空に、珍しく勢いあまったような巨大な入道雲がわいているのが、少し気味が悪かった。


信子さんは私の父のお妾《めかけ》さんだった。父は信子さんのために庭つきの小ぢんまりとした住宅を買い与え、週に何度か、通っていた。

かれこれ三十五年以上も昔の話である。私は信子さんが大好きだった。学校が休みの日、こっそり電車を乗り継いで、何度、信子さんの家まで行ったことだろう。黙って家を出ることが多かったせいか、そんな時は、決まって継母から電話がかかってくる。美也子、何度言ったらわかるの、そこに行ったらいけません、って言ったでしょ……。

信子さんはおろおろしながらも、私から受話器を受け取るなり、ぺこぺこと頭を下げる。申し訳ありませんでした、ただいますぐに、美也子ちゃんをお宅までお届けにあがりますので。

そうこうするうちに、父が信子さんの家にやって来る。なんだ、美也子、またここに来てたのか。そう言いながら、何故か嬉しそうな顔をし、父は私のために、自分が乗って来たばかりの運転手つきの車を貸してくれる。

白い制帽をかぶった陰気な感じのする運転手が、黒塗りの車から降りて来て、ひょいと私を抱き上げ、後部座席に座らせる。車の中には、父が吸う葉巻の匂いとシートの革の匂いがたちこめていて、気分が悪くなりそうになる。

パパ、私、もっとここにいたいわ、今乗ったら、車に酔いそう、後でパパと一緒に帰ることにしちゃだめ？……窓から顔を出し、父に向かっていくら駄々をこねてみても無駄だった。

お母さんに叱られるよ、ここはお母さんの言う通り、おまえが来てはいけないところなんだからね。そんなふうに父は私の耳元で囁く。

でも信子さんに会いたいんだもの、どうして？　どうして来ちゃだめなの？

ははっ、と父は可笑《おか》しそうに笑う。仕方がないな。パパだって信子に会いたい。美也子とふたり、信子の取り合いをしてるみたいだな。

何が可笑しいのかわからないまま、私も笑う。すると父は、ふいに真面目な顔つきをし、私の頭を一撫《な》でするといい子だ、お帰り、と言うのだった。

私の本当の母親は、私が小学校にあがった年の冬に急死した。灯油ストーブをつけようとして、腰をかがめた途端、目を剝《む》いて後ろ向きに倒れたのだ。たまたま母の傍にいた私は、その一部始終を見ていた。

家にいたお手伝いが、すぐにかかりつけの医者を呼んだ。医者がやって来るまで、母は身動きひとつしなかった。恐ろしくなって泣きわめく私を誰かが別の部屋に移した。その日のうちに、私は母の死を知らされた。心筋梗塞《しんきんこうそく》だという話だった。

父はまもなく二度目の結婚をした。継母になった女は、父とさほど年が離れておらず、ひどく老けて見える女だった。あんなおばあさんみたいな人、嫌いよ、と私が言うと、父は笑って「馬鹿だな」とたしなめた。「美也子のためを思ってやったことなんだよ。美也子には母親が必要なんだ。あの人なら、教育熱心だし、いい母親になってくれると思う」

父は甚だしい誤算をしていた。継母は確かに生真面目で、教育熱心だったかもしれない。だが、思い通りに物事が運ばないとすぐに癇癪《かんしゃく》を起こした。ひとたび腹をたてると、手がつけられなくなる。つまらない理由で私を罵倒《ばとう》してくることもしょっちゅうだった。

お父さんは美也子を可愛がりすぎる、美也子がそう仕向けているに違いない、子供のくせに末恐ろしい子だ……そう言われ、薄気味悪いものでも見るように、見つめられたこともある。

父は父なりに継母のことを観察していたのだろう。継母との間に子供を作ってやるのが一番の解決法だ、と考え、安易に子作りに励んだのはいかにも父らしい。父の思惑通り、まもなく継母は妊娠し、出産した。ハンサムだった父とは似ても似つかない、醜い顔をした男の子だった。

ベビーベッドで眠っている赤ん坊を見下ろしながら、私が思わず「猿みたい」とつぶやくと、継母はふいに顔を真っ赤にし、いきりたったように仁王立ちになって私の胸ぐらを摑《つか》んだ。平手打ちが飛んできた。一瞬の出来事だった。

その晩、帰宅した父に泣きながらそのことを訴えた。父はうなだれ、悲しそうな顔をして私を抱きしめながら、「すまん」と言った。「全部、パパが悪かったんだな。何かがどこかで、全部、間違ってたのかもしれない。ごめんよ、美也子。パパのせいだ」

父が信子さんに出会い、信子さんを囲い始めたのはそんな時だ。家庭における実権は完全に父の掌中にあった。継母と父との間には、少なくとも信子さんの処遇について、何の問題も起こらなかった。

私が信子さんの家に通っていたころ、信子さんは幾つだったのだろう。二十七？　二十八？　まだ若かったはずなのに、信子さんはすぐに風邪をひいたり、お腹の調子が悪くなったり、疲れて気分がすぐれなくなったりする人だった。

信子さんが貧血で倒れ、そのまま誰もいない家の中で苦しみながら横たわっていた時、たまたま父が訪れた。どうして僕に連絡しなかったんだ、何を遠慮してるんだ、会社だろうと自宅だろうとかまわない、緊急の時は遠慮しないで電話するようにと、あれほど言ったはずじゃないか……心配のあまり大声で怒鳴りまくる父に、信子さんは弱々しく笑ってこう答えたそうである。

「あんまり苦しくて、電話もできなかったんです。ごめんなさい」と。

父が信子さんのために、身のまわりの世話をしてくれる人を探し始めたのは、その直後である。福島の高校を出て上京し、父の会社の大きな社員食堂で働き始めたばかりの君江さんが、まもなく父の目にとまった。

あのころ、君江さんはまだ十九歳かそこらだった。首の後ろに三つ編みに編んだお下げ髪を二本垂らし、もくもくと家の掃除をしたり、洗濯をしたり、食事の支度をしたり。その働きぶりは見事だった。それまでどこかしら埃《ほこり》がたっていたような信子さんの家は、たちまち掃除の行き届いた、清潔でぴかぴか光る家になった。

目立たない地味な人だったが、よく見ると色白で、日本人形を思わせる整った顔だちをしていた。小柄で小太り。二の腕などもがっしりしていて、信子さんの二倍はあった。

君江さんのおかげで、私は早くから「グラマー」という言葉を覚えた。信子さんがしょっちゅう、父を相手に「君江さんはグラマーだから」と言って楽しそうに笑っていたからだ。

私は信子さんが大好きだったが、君江さんのこともすぐに好きになった。純朴な人柄で、訛《なま》りのぬけない優しげな口調は誰の心も和ませた。当時、私は彼女のことを「きみちゃん、きみちゃん」と親しげに呼んでいたはずである。

君江さんは私のことを「お嬢ちゃま」、信子さんのことは「奥様」、父を「旦那様《だんなさま》」、私の継母を「あちらの大奥様」と呼んだ。そして、「あちらの大奥様」と言う時は、決まって君江さんの声が、意味ありげに一段低くなるのが可笑しかった。

信子さんの家に着いた私は、草ぼうぼうになった庭を横目で見ながら、玄関脇の呼び鈴を押した。

呼び鈴は、埃や手垢《てあか》で汚れ放題汚れていた。一ヵ所だけ、人さし指の先の形に白く跡が残り、その部分だけがあたかも新品のように光っているのが生々しかった。

この呼び鈴を押したのは父だけなのだ、指の跡を作ったのは父だけなのだ……そう思うと、生涯、お妾という立場を貫き通した信子さんの、影のような寂しさ、孤独が改めて身にしみた。

玄関の奥は静まりかえっていた。私はもう一度、呼び鈴を押した。まもなく、中で「はい」と声がした。

がちゃがちゃと鍵《かぎ》を開ける音がした。ドアが外側に開いた。薄墨色の絽《ろ》の着物に白っぽい帯をしめた君江さんがそこにいた。君江さんは私を見ると、「ようこそ」と言って深々と頭を下げた。

　信子さんの葬儀で会った時より、さらに一まわり痩《や》せ細り、小さく縮んでしまったような感じがした。皺《しわ》の浮いた顔にはつやがなく、白粉《おしろい》をはたいた跡がはっきり見える。まだ五十代の半ばだというのに、動作のすべてが老婆のように心もとない。おまけに十何年前から患っているリウマチのせいで、両手の指が鉤型《かぎがた》に曲がり、痛々しかった。

「降りそうですね」君江さんは私の背後の空をちらりと見上げ、さしたる挨拶《あいさつ》もせぬまま、つぶやくように言った。「まもなくですよ」

「そう？」と聞き返そうとした途端、遠くで雷が鳴った。雷は長く尾を引くようにして続いた。空気の震動が遠い地響きのようにして伝わってきた。日が翳《かげ》り始めた。風が吹き、外でさわさわと草が揺れた。

　ほんとね、よくわかるのね、と私が言うと、君江さんはにこりともせずに、私にスリッパを差し出した。湿気を吸ったスリッパで、足をすべらせると爪先《つまさき》にひやりと濡《ぬ》れたような感触が伝わった。

　一階に和室が三つと納戸が一つ、二階に洋間が一つ、他に板敷きになった広い台所がついている家である。かつて信子さんが元気だったころ、君江さんは玄関脇の四畳半ほどの納戸を自分の部屋として使っていた。今では納戸は本来の目的に使われているらしく、開け放された引き戸の向こうに、山のように積まれた不用品の家具やダンボール箱が覗《のぞ》いて見えた。

三つの和室は濡れ縁に沿って並んでいた。襖《ふすま》を取り払うと、かなり広い座敷に早変わりするような設計になっている。

信子さんの通夜もそのようにして行われた。とはいえ、父ひとりだけを生涯の話相手として暮らしてきた信子さんに、友人知人と呼べる人間がいたはずもない。信子さんの血縁関係者は皆、信子さんが父のお妾《めかけ》になっていることを知って以来、つきあいを拒んでいた。駆けつける人の少ない、ひどく寂しい通夜だった。

柩《ひつぎ》が安置されている祭壇だけが賑《にぎ》わって、父の関係者が時折、こそこそと伏し目がちに訪れては焼香をすませて帰って行く。暮れ方から雨が降りだし、庭の紫陽花《あじさい》をたたく雨の音ばかりが耳につく夜だった。そんな中、背中を丸めた父がひとり、ぽつねんと座敷の中央に座りこみ、せわしなくたばこをふかしていたことが昨日のことのように思い出せる。

濡れ縁に出て、私は三つ並んだ和室のうち、真ん中の部屋に通された。昔からその部屋は客室として使われていた。客室と言っても、父の仕事関係者が訪れた時に、茶菓をふるまうだけの部屋である。お妾の家では仕事上の密談ができにくいと思っていた人が多かったのだろう。その手の話で訪れる人はなかったし、来る人はたいてい、父におべっかを使い、ついでに信子さんにも歯の浮くようなお世辞を言って、高級な果物などを置いて短時間で帰って行く人ばかりだった。

一番奥の和室は茶の間、手前の和室は予備室だった。予備室は、生け花がすきだった信子さんが花を生けたり、着物を虫干ししたりする時に使っていた。

「すっかりあちこち、傷んでしまいまして」君江さんは私に座布団をすすめると、客室を眺めまわしながら言った。「雨が降るたびに、雨漏りがしやしないか、とひやひやしています」

「大丈夫よ。昔、父が言ってたもの。日本の家はきちんと建ててきちんと維持すれば百年はもつんだ、って」

「それでもねえ、この身体では掃除もままならなくって」君江さんは鉤型に曲がった両手を私に見せながら、寂しそうに笑った。

「具合の悪いことが多いの？」

「そうですね。相変わらずですよ」

「病院には行ってるんでしょう？」

「行ってますが、この家と同じで、あちこち傷んでるようでしてね、どうにもこうにも仕方がありません」

よく見ると、どっしりとした黒檀《こくたん》の座卓には、うっすら埃がたまっていた。何年も替えていない畳は黄色く変色し、へりの部分が陥没している箇所もある。小さな床の間に下がっている掛け軸には、蜘蛛《くも》が薄いレース編みのような巣を張っていた。

それでも座布団だけは清潔で乾いていた。私が来ると聞き、せめて座布団だけは、と君江さんが不自由な手で一生懸命、カバーを替えてくれたに違いなかった。胸が痛んだ。

私は来る途中で買った水ようかんと葛《くず》ざくらの包みを渡し、アメリカみやげの青い木綿のテーブルクロスを広げてみせた。

きれいな色でしょう? 何かに使ってちょうだい、と私が言うと、君江さんは曲がった指先でテーブルクロスを一撫《な》でし、糸の切れた操り人形のようにこくりと首を前に倒して礼を言った。

「お仏壇も置けませんで」君江さんは痰《たん》がからまったような声でそう言うなり、はあっ、と湿ったため息をついた。「お通夜にもご葬儀にも、奥様の親類筋の方はどなたもお見えにならなかったっていうのにねえ。全部、滞りなく済んだ頃を見計らって、大挙して押し寄せて来ましたからね。何をするのかと見ていたら、奥様のご位牌《いはい》はもちろんのこと、ご遺品もきれいさっぱり、黙って持って行ってしまって。ひどいものです。こう言っては何ですが、まるでハイエナみたいに」

君江さんの言う通りだった。まだ生きていた父が、信子さんの位牌を引き取ろうとしたのだが、それを許さなかったのは継母でも誰でもない、信子さんの田舎の人たちだった。形見分けと称して、この家に押しかけ、信子さんが持っていた着物や装身具をあらかた持ち帰って行ったのもその人たちである。空になった桐の箪笥《たんす》を見上げ、君江さんがさめざめと泣いていたのが昨日のことのように思い出せる。

雷鳴が轟《とどろ》いた。あたりがにわかに薄暗くなってきた。濡れ縁の向こうの、雑草が生い茂る庭で、雨まじりの風を受けた草木が揺れているのが見えた。

どこかに風鈴が吊《つ》るしてあるらしかった。ちりちりと間断なく鳴り続ける風鈴の音に、嵐の予感を漂わせる湿った風の音が重なった。

「こんなことを聞くのは失礼かもしれないけど」私は言った。「君江さん、生活のほうはどう？　問題ない？」

「そちらのほうはなんとか」君江さんはうつむき加減にうっそりと微笑んだ。「旦那《だんな》様のおかげです」

父は自筆証書遺書の中で、君江さんあてに遺産の一部を残していた。継母はよほど腹をたてたものらしい。裁判所に異議を申し立てると息まいていたのだが、結局、私がそれをなだめ、やめさせた。

人が聞いたら、筋違いなことだと呆《あき》れたかもしれない。だが、私にとって信子さんは幼いころのすべてだった。信子さんがいなかったら、どうなっていたかわからない。今の私がいたかどうか、疑問ですらある。その大切な信子さんの、身のまわりの世話に命をかけてくれた君江さんという人には、いくらお礼をしても、し足りない思いであった。

私はにこやかに言った。「困ったことがあったら、遠慮しないで言ってね。力になるから」

それには応《こた》えず、君江さんはつと庭のほうを向いた。「降り出しましたね」

大粒の雨が、ぱらぱらと音をたてて庭先の茂みを叩《たた》き始めた。湿気をおびた生ぬるい風が室内を吹き抜けた。昼日中とは思えないほど、あたりは薄闇に包まれた。

そうそう、と私は言い、バッグを引き寄せて、中からお清め用の塩の包みを取り出した。

「不思議なのよ。今日、ここに来る前、これがこの服のポケットに入ってたの。信子さんのお葬式の時のものなのに、どうしてこの服に入ってたのか、わからないの」

自分で言いながら、言った言葉に鳥肌が立った。君江さんは塩の包みを手に取り、懐かしそうに瞬《まばた》きを繰り返した。

本当に、と君江さんはつぶやいた。「不思議ですこと」

「捨てる気がしなかったの。ちょうど信子さんの家に来る時だったから、この家に置いておくのがいいような気がして」

「そういたしましょう」と君江さんは言い、包みを着物の胸元にすべらせた。

稲妻が光り、そのたびに雷鳴が轟いた。いやね、と私は言ったが、聞こえなかったのか、君江さんは黙っていた。

「私としたことが、お茶もお出ししないで」しばらくの沈黙の後、君江さんは薄暗がりの中で、よっこらしょ、と掛け声をかけ、座卓に手をついて立ち上がった。「何かお作りしましょうね」

「いいのよ、君江さん。何もいらないわ」

そう言った途端、天をつんざくような雷鳴が響きわたった。開け放しにされている濡《ぬ》れ縁の窓ガラスがぴりぴりと震えた。

「君江さん、本当におかまいなく」大声でそう言ったのだが、君江さんの姿はいつのまにか濡れ縁の向こうに消えていた。

黒檀の座卓の上には、私が持って来た青いテーブルクロスだけが載っていた。水ようかんと葛ざくらの入った包みは、君江さんが台所に持って行ったようだった。

私はテーブルクロスを丁寧にたたみ、袋の中に戻した。何かそわそわと落ちつかない気持ちだった。稲妻が光り、光っては雷鳴の音を轟かせ、雨はいっそう烈《はげ》しくなった。ざあざあと、バケツをひっくり返したような大降りである。

あまりに家の中が薄暗いので、部屋を仕切っている白い襖《ふすま》が歪《ゆが》んで見えた。本当に歪んでいるのかもしれない、と思い、目をこらしてみた。

なにぶん古い家で、君江さんの言う通り、あちこちにがたがきている。襖の桟が歪んでいても不思議ではない。だが、襖の黒くて丸い把手ですらぼんやりと定かではなく、歪んでいるのかいないのか、見分けることはできなかった。

突然、室内に閃光《せんこう》が走った。一瞬、部屋の中のものすべてが青くなった。轟音《ごうおん》のような雷鳴がとどろいた。爆風でもくらったように、庭の草木が一斉になびいた。私は心細くなり、立ち上がった。

明かりをつけようとして、天井の電灯の紐《ひも》に手を伸ばした。何度引っ張ってみても、明かりはつかなかった。停電しているようだった。

「君江さん、停電よ」私は声を張り上げた。聞こえたのか聞こえないのか、台所にいるはずの君江さんの返事はなかった。

ばしゃばしゃと軒をたたく雨の音がすさまじい。室内は、薄墨を流したようになり、柱や床の間が黒ずんだ影の中に沈んでしまって、夜の帳《とばり》の中にいるようである。

君江さんはなかなか戻って来ない。台所のほうに耳をすませてみるのだが、雨と雷鳴がひどいせいで、何ひとつ物音が聞こえない。

何を思い出したというわけでもないのに、背筋がさわさわと寒くなった。たかが嵐におびえるなど、大人げない、と思うのだが、いたたまれない気持ちがつのってくる。空は夜のように暗く、もはや室内にいる自分自身の手の輪郭すら見分けられない。

私は濡れ縁に出て、「君江さん」と呼びかけた。声はたちまち、雨の飛沫《しぶき》の中に吸い込まれていった。「君江さん、どこにいるの？　お台所なの？」

台所は茶の間と隣り合わせになっていた。さほど広い家でもない。わざわざ濡れ縁づたいに歩いて行かずとも、襖を一枚、開ければ茶の間、その向こうが台所である。

私はいったん客室に戻り、茶の間との境目になっている襖に手をかけた。たてつけがひどく悪くなっている襖だった。ぎしぎしと音をたて、桟が曲がりそうになるまで引っ張って、やっとなんとか、身体をくぐらせるだけの隙間が開いた。

そこは茶の間であるはずの部屋だった。八畳ほどの和室。中央に掘りごたつがあり、手を伸ばせばすぐにお菓子が取れるようになっている茶箪笥《だんす》があったはずだ。籐《とう》の座椅子が年がら年中、掘りごたつの脇に置かれてあった。信子さんはいつも、その座椅子に腰かけて、にこにこしながら私を迎えてくれたものだ。

なのに、部屋には何もなかった。何もないどころか、台所に通じるガラスの引き戸すら見えなかった。部屋は仄暗《ほのぐら》い闇の中に沈んでいて、そのわりには畳の目だけが、くっきり浮き上がって見える。

怖くなった。「君江さん」と私は呼んだ。そう呼んだつもりだったのだが、私の口から出てきた言葉は「きみちゃん」だった。

きみちゃん、きみちゃん、と私は呼び続けた。どうして子供のころの呼び名で呼んでいるのか、説明がつかなかった。とりとめのない気持ちが私を襲った。寂しいのか、悲しいのか、わからない。自分が何をしようとしているのかもわからない。

きみちゃん、きみちゃん……呼び続けているうちに、心細さのあまり、泣きたくなってきた。まるで子供だった。

あたりかまわず泣く時の、あの迸《ほとばし》るような嗚咽《おえつ》がこみあげた。堰《せき》を切ったような泣き声が私の口からもれた。きみちゃん、どこにいるの、返事をしてよ。

稲妻が光った。何もかもが青い水の底に沈んでいるように見えた。

私はべそをかきながら、地団駄を踏んだ。きみちゃん、信子さん、どこにいるの、教えてよ、怖いよ、怖いよ。

背後で、美也子ちゃん、という声がした。聞いたことのある声だった。聞いたことがあるどころではない。何度も何度も耳にした、私を優しく受け入れてくれる、あの懐かしい声……。

私は息をのみ、振り返った。それまで私が座っていた客室の隣、かつて信子さんが予備室として使っていた和室の襖が開いていた。

ほのかな明かりの中、信子さんが部屋の真ん中にきちんとこちらを向いて、正座していた。昔、信子さんがたいそう気にいっていて、父がやって来る日になると、決まっていそいそと着替えていた美しい紫色の綸子《りんず》の和服姿だった。

信子さんは土気色をした顔に、からかうような笑みを浮かべて「美也子ちゃんたら、怖がりなのね」と言った。「こっちにいらっしゃい。一緒に鬼灯《ほおずき》で遊びましょ」

また雷鳴が轟《とどろ》き、大地を揺るがした。私は目をつぶり、両手で耳を被《おお》った。信子さんはくすくす笑い、袂《たもと》を片手で支えながら、ゆっくりと私を手招きした。白い手がひらひらと薄闇の中で揺れた。

歩いて行こうとしたつもりなのに、気がつくともう、私は信子さんの正面に座っていた。

室内には行灯《あんどん》のような柔らかな光が満ちていた。濡れ縁を仕切っている障子は閉じてあった。部屋は静かで優しい、暖かな隠れ家のようだった。

泣かないで、と信子さんが言う。「せっかくの美也子ちゃんの可愛いお顔が台無しよ」

だって、だって、と私はしゃくり上げる。「誰もいなくなっちゃったんだもの。きみちゃんだって、お返事もしてくれないし、みんなどっかに行っちゃったんだもの」

「そうね。美也子ちゃんはまだ小さいんですものね。いくらなんでも、こんな嵐の日に、誰もいないおうちに一人でいるのは怖いわよね。でももう大丈夫。私がついてるから、平気平気。へっちゃらよ」

信子さんは和服の胸元から白いガーゼのハンカチを取り出し、私の涙を拭《ふ》いてくれる。ハンカチには、お香を焚《た》いた時のような匂いがしみついている。

「ほら、鬼灯よ」そう言って信子さんは、袂の奥から赤く染まった鬼灯の実を取り出す。私の見ている前で、丁寧に皮をむき、中の実を丹念にもみほぐす。信子さんは鬼灯の鳴らし方がうまかったが、鬼灯の実をもみほぐし、中の種を取り出すのもうまかった。

信子さんは時折、私を見て柔らかく微笑む。清楚《せいそ》で美しい人である。こんなに美しい人を私はこれまで見たことがない。肌は陶器のようになめらかである。細くて長いうなじは、思わず触れてみたくなるほどつややかである。

父は時々、信子さんのうなじに唇をそっと押しつけていたものだった。私はそんな父が誰よりも理解できた。私も信子さんにおんぶしてもらった時など、首に両腕を巻きつけて、そのうなじを軽く舐《な》め、キスをし、匂いを嗅《か》ぐのが好きだった。

くすぐったいわ、美也子ちゃん、とそのたびに信子さんは身体をくねらせて笑った。

どれほど、「ママ」とその耳に囁《ささや》いて、甘えてみたいと思ったことか。ママ、ママ……私にとって信子さんはママだった。

信子さんを慕えば慕うほど、継母が憎くなった。継母は私にとって赤の他人だった。父は継母を家から追い出し、信子さんと結婚してくれればいい、というのが私の願いだった。願をかけるために、学校の近くの神社に通いつめたこともあった。

信子さんに向かって、「パパと結婚して」と頼んだことすらある。信子さんは静かに笑って、うっすら涙を浮かべただけだった。

父も信子さんのことが本当に好きだった。子供の目から見てもそのことはよくわかった。父は信子さんなしでは生きていけなかった。そして私も。

なのに、父は信子さんを悲しませた。たとえいっときにせよ、信子さんは父のせいで心から悲しんだのだ。

「どうしたの？　美也子ちゃん。何をそんなに難しい顔をして、一生懸命、考え事をしてるの？」信子さんが聞いた。

なんでもない、と私は言った。

鬼灯の実から取り出した種を丁寧にちり紙にとり、信子さんは中が空になった実を口に入れて、「おお、苦い」と笑った。

まもなく信子さんの口から、きゅう、きゅう、と鬼灯の鳴る音が聞こえてきた。そのたびに信子さんの形のいい唇が、柔らかく伸縮する。ぼってりと厚みのある唇である。

私は一度、父が信子さんに接吻《せっぷん》をしているところを見たことがある。どうしても仕事の都合でアメリカに行かねばならなくなった前の日、父は信子さんの家に来て、お昼を一緒に食べた。ちょうど春休みだったので、私も一緒に来ることを許された。

お昼を食べて、食後の蜜柑《みかん》をむいている途中、慌ただしく父に迎えの車が来た。もうこんな時間か、と父は言い、不満げに舌打ちした。

私と信子さん、そして君江さんが玄関まで見送りに出た。父は私を抱き寄せ、いい子にしてるんだよ、と言って、次に信子さんに目を向けた。

信子さんが君江さんに何か合図を送った。君江さんが「さあ、お嬢ちゃま」と言いながら私を外に連れ出した。

玄関のドアは少しだけ開いていた。君江さんが車の運転手と何か喋《しゃべ》っている間、私はそっと中を覗《のぞ》いた。

父が信子さんを抱きしめていた。信子さんのしなやかな白い手が、父の背に回されていた。父は信子さんに顔を近づけた。そのふっくらとした美しい唇に、父の唇が触れた。父の背にまわされた信子さんの手が、かすかに動いた。それは静かな、愛情あふれる接吻だった。きれいなきれいな、二度と忘れられないほどきれいな光景だった。

なのに、あの後、いやなことが起こったのだ。本当にいやなこと。思い出したくないほどいやなこと。父がアメリカから帰り、時差ボケだからと、丸一日、信子さんの家でくつろいでいた時だった。信子さんは美容院に行っていて、留守だった。

……「いいのよ」と信子さんは鬼灯を口にふくんだまま、歌うように言った。「小さいあなたが心配しなくたっていいのよ。あんなこと、なんでもないことなんだから。私はなんとも思っていないの。本当よ」

「あのこと」が何だったのか、どうしても思い出せない。信子さんを苦しめたこと、信子さんを悲しませたこと、私にもどうにもできなかったこと……。

私は立ち上がった。行くところがあるような気がした。どうしても行かねばならないところ、行って見てこなければならないところ……。

信子さんは止めなかった。私など、その場にいなかったように、無邪気に鬼灯を鳴らしている。

畳をこする自分の足音が聞こえる。雷雨はあがってしまったのか、あたりは妙に静かである。

私は客室を横切って濡《ぬ》れ縁に出た。濡れ縁を通り、玄関に出て、玄関脇から伸びている二階に通じる階段を上がった。階段はぎしぎしと音をたてた。

二階の洋間は寝室になっている。大きな大きな、子供だった私がびっくりするほど大きなベッドが一つ。窓には深緑色のビロードのカーテンがかけられ、ベッド脇のサイドチェストには、どっしりとした灰皿と一緒に、父が好んで吸っていた葉巻の箱が載っていたものである。

私は寝室の戸口に立った。かすかに父の葉巻の匂いがした。寝室のドアは少し開いている。

細く開いた隙間の向こうに、ベッドに座った父の姿が見える。父は浴衣《ゆかた》のようなものを身にまとっている。くつろいでいるようである。父が大きく伸びをした。髪の毛が乱れている。寝起きのような感じもする。

若かったころの君江さんが、ベッド脇のサイドチェストの掃除をしている。胸に花模様の刺繍《ししゅう》が入った白いブラウスに、紺色のフレアースカート。お下げにした三つ編みの髪の毛が、尻尾《しっぽ》のように元気に背中ではねている。

君江さんはエプロンのポケットから、熟した鬼灯の実を三つ取り出し、サイドチェストの灰皿の脇に飾った。

「ほう、鬼灯《ほおずき》か」父が言う。「珍しいね」

「さっき、お庭で摘んできましたので」君江さんは嬉《うれ》しそうにうなずく。つややかな桃色をした頬に、さっと赤みがさす。

「きみちゃんは鬼灯の鳴らし方を知ってるかい？」

「得意です。田舎のおばあちゃんが教えてくれましたから」

「こっちに来て、僕にも教えてくれないか。僕はこういうことには、からきし弱いんだ」

君江さんはもじもじと、うつむき加減になったまま立っている。いいんだ、もっとこっちにおいで、と父が言う。「こっちに来ないとわからないじゃないか」

君江さんは父と並んでベッドに腰をおろす。エプロンをつけた膝《ひざ》の上で、君江さんが鬼灯の実をもみ始める。ぐちゅぐちゅという音が、私の耳にも伝わってくる。

父が君江さんに近づく。君江さんと父は腕と腕をすり合わせるほど近くにいる。君江さんの頬が、鬼灯のように真っ赤に染まる。

父の手が君江さんの背中を這《は》い始めた。君江さんは身体を固くしたまま動かない。泣きそうな顔になっている。

三つ編みのお下げをかき分けるようにして、父は君江さんのうなじに唇を押しつけた。君江さんの背がぴんと伸びた。その、豊かに張った腰を父が幾分乱暴に抱き寄せた。

そこで初めて、君江さんは身体をよじらせた。「いけません、旦那《だんな》様。そんなことをなすったら……」

立ち上がりかけた君江さんの身体を父が抱きしめた。父は君江さんを抱いたまま、ベッドになだれこんだ。スカートの下から、健康そうな、すべすべとした白い太ももがむきだしになって現れた。君江さんのはいていたスリッパが弾《はじ》け飛んだ。ベッドが大きな音をたてて軋《きし》んだ。

君江さんは抵抗を続けなかった。やがておとなしくなったかと思うと、君江さんの口から「ああ」という喘《あえ》ぎ声がもれた。「旦那様、好き、好き……」

父が浴衣の前をはだけた。父の広い背に、君江さんの指がくいこむのが見えた。

私は目を閉じた。

「私はなんとも思ってないわ」

目を開けたとたん、目の前に信子さんがいて、そうつぶやいた。私は再び、一階の予備室に座っていた。予備室では信子さんが、三つめの鬼灯をもみほぐしているところだった。

「君江さんだって、お父さまのことが好きなのよ。初めてここに来た時から、君江さん、お父さまに憧《あこが》れていたの。私、そのことに気づいていたの。気づいていたけど、どうってことなかった。やっぱりねえ、って思ってただけ」そう言うと、信子さんは血の気を失った土気色の頰に、小さなえくぼを作りながら微笑んだ。「ねえ、美也子ちゃん。みんながお父さまのことを好きになるのよ。あんなに素敵な方なんですもの。誰だって、女の人だったらお父さまのことを、好きになるに決まってる。好きにならない人なんて、いない」

でも、でも、と私は駄々をこねるようにして信子さんの膝を揺すった。「パパは信子さんだけが好きなのよ。パパは浮気者なんかじゃないわ。パパは信子さんだけが……」

「いいのよ、美也子ちゃん、そんなふうに決めつけなくていいの」信子さんは微笑んだまま、私の両手をそっと握りしめた。「お父さまは私のことをそれはそれは大事にしてくださるの。だから、君江さんの気持ちもわかってあげて。きっと苦しいのよ。多分、私以上に。お父さまを好きになってしまったことが苦しくてならないのよ。だから、ね？　そっとしといてあげてちょうだいな。知らないふりをしてあげてちょうだいな。ね？」

涙がはらはらと頬を伝って流れ落ちた。大人の世界がわからなかった。受け入れることはできそうになかったが、拒絶する気もなかった。心のどこかで私は、仕方がない、と思っていた。大人になるということは、多分、そういうことなんだろう、とわかっていた。そのことが悲しかった。

「泣き虫、美也子ちゃん」信子さんは笑った。

私はやおら信子さんの膝に顔をおしつけ、背を震わせて泣いた。信子さんの手が私の頭を撫《な》でた。信子さんの膝は、樟脳《しょうのう》のような匂いがした。頭を撫で続ける信子さんの手は、細い枯れ枝のようにぱさついていて、心もとないほど軽かった。

「信子さん」と私は信子さんの膝に顔をおしつけたまま、くぐもった声で呼びかけた。

「なあに？」

「信子さんはきみちゃんのこと、好き？」

「大好きよ。私にはね、お友達がいないの。いつお父さまがいらして下さってもいいように、いつもこの家で待っているのが好きだから、外に出かけることも少ないし。だから君江さんが私の一番のお友達になってくれてるのよ。あ、違った。君江さんは私の二番目のお友達だったわ。どうしてか知ってる？　私の一番のお友達は……ここにいるもの」

私はそっと顔をあげた。涙で目が曇っていたが、信子さんの顔だけははっきり見えた。

私は笑顔を作った。「私だって、きみちゃんのこと、大好きよ」

「でしょう？」

「でも、信子さんのことはもっと好き。ママだったらよかったのに、って思うくらい好き」

信子さんはそれを聞くと、目にいっぱい涙をため、うなずき、唇をふるわせながら「嬉しい」と小声で言った。

稲妻が光った。烈《はげ》しい、信じられないほどの光を放つ稲妻だった。部屋中が青くなった。底知れぬ凪《な》いだ暗い海を思わせる青さだった。

信子さんの顔が青ざめ、白くなっていくのがわかった。信子さん、と私は呼んだ。信子さんの顔から輪郭が失われた。青い闇の中に、信子さんの身体が溶け、消えていく……そう思った瞬間、雷鳴が大地に轟《とどろ》き、家が震え、部屋が震え、座っていた畳が小刻みに揺れ始めた。

私はすがる思いで、虚空に手を伸ばした。指先にかすかに、信子さんの着ていた和服の乾いた感触が伝わった。だが、それだけだった。まもなくそれも消え、あとには身をよじられるような寂しさだけが残された。

雨の音がしている。庭の、花を落とした大きな紫陽花《あじさい》の茂みを雨が叩《たた》き、水飛沫《みずしぶき》を散らしている。

いつのまにか、君江さんが現れた。音もなく現れたのでぎょっとした。手にした丸盆には、飲物と水ようかんが載っている。

私は客室の、黒檀《こくたん》の座卓の前に座っている。座布団が乾いていて気持ちがいい。予備室に通じる襖《ふすま》も、茶の間に通じる襖も、きちんと閉じられている。雨足は衰えないが、雷鳴はやんだようだ。

風鈴の音が聞きとれた。ちりん、ちりん、ちり、ちり……。南部鉄鈴の音に違いない。信子さんは南部鉄が好きだった。昔、茶の間にあった小さな火鉢には、いつも南部鉄の黒光りしたやかんが載せられ、柔らかな湯気をあげていたものだ。

「こんなものしかなくて」君江さんが大儀そうに膝を折り、座卓についた。丸盆からガラスのコップに入った飲物を取り、私の前に差し出す。麦茶のようである。

「さっき呼んだのよ」私は言った。「気がつかなかった？」

おや、そうでしたか、と君江さんは言った。「ちっとも気がつきませんで」

「雷が落ちたのね。停電してるのよ。冷蔵庫、気をつけなくちゃ。中のもの、すぐ悪くなっちゃうから」

「じきにつきますよ」君江さんは水ようかんの載った小皿をコップの隣に置き、天井の電灯を見上げた。「このごろは長い停電はありませんから」

そうね、と私はうなずいた。目のまわりが乾いて、つっぱっているような感じがした。指先で触れてみた。涙の跡だった。

私は麦茶をすすり、水ようかんに手をつけた。水ようかんはぬるくなったゼリーのような味がした。

そうそう、と君江さんは着物の袂《たもと》に手を入れた。「今朝、お庭で摘んできたんです。今年はたくさん実がなって、摘んでも摘んでも摘みきれないほど」

鬼灯だった。私は水をあびたような気持ちになり、竹製の菓子用フォークから手を離した。かつん、と小さな音をたて、フォークが黒檀の座卓に転がった。

「鬼灯《ほおずき》の鳴らし方、知ってますか」君江さんは、ふいに和らいだ表情になって、鬼灯の実をもみ始めた。「こうやってね、こうやってね、ゆっくりともんでやればいいです。そうすると、中の種がきれいに出せますから」

胸が熱くなった。じわじわと、にじみ出てくるような熱さだった。

私は聞いた。「昔、パパにも教えたことがあるでしょう?」

君江さんはいっとき、物思いにふけるような、遠くを見るような目をした。そして、仄《ほの》暗《ぐら》い部屋を見回すようにして視線を泳がせると、こくりと小さくうなずいてうつむいた。

「旦那《だんな》様はちっともお上手になりませんでした。男の方はなかなか、ね。不器用な方が多いですから」

「確か君江さんは、鬼灯の鳴らし方、田舎のおばあちゃんに教わったんだったわね」

君江さんは私を見つめた。「どうしてご存じなんです?」

「そんな話を聞いただけ。信子さんから」

「そうでしたか」君江さんはうなずいて、種を取り出した赤い鬼灯の実を頬ばった。

遠い雷鳴がかすかに聞こえた。君江さんは口を動かし、鬼灯を鳴らし始めた。

君江さんの口が動くたびに、きゅう、きゅう、と子鼠が鳴くような音がもれた。

君江さんは足をくずした。若い女がするように、しどけなく和服の前を乱したまま、君江さんは雨に打たれている庭に目を向けた。

「奥様と並んで、旦那様の前でよく競争したものです」

「何を?」

「鬼灯ですよ。どっちが長く、鳴らしていられるか、って」

「どっちが勝ったの？」

「奥様だったり、私だったり。どっちでもよかったんです、そんなこと。そうやってるだけで楽しかったんです。奥様も私も大はしゃぎだったんです」

風鈴が鳴った。去っていく雷鳴の音がしている。雀がさえずり始めた。雨足が細くなってきた。心なし、あたりが少し明るくなり始めている。

さっき信子さんが座っていた隣の部屋で、物音がした。何の音かわからなかった。

きゅう、きゅう、きゅう。

負けじと鳴らし続ける、鬼灯の音だった。私は小さく口を開け、「あ」と言った。

君江さんは視線を私のほうに戻し、唇をゴムのように大きく伸ばして微笑むと、さも楽しげに、奥様ですよ、と言った。

生きがい

その朝、秋を感じた。開け放した窓から吹き込んでくる風は、乾いた日向《ひなた》の匂いがした。涼しいというほどではないが、日だまりの中にいても、うっすらと汗ばむ程度。夏の間中、獰猛《どうもう》な太陽を浴び続けて、すっかりと変色してしまった庭先のマリゴールドも、心なし、勢いを取り戻した様子である。

私は洗濯を終えてから、庭に出てマリゴールドに水をやった。死んだ夫はこの花が好きだった。春になると、しこたま苗を買って来ては花壇作りを楽しんでいたものだ。

だが、正直なところ、それほど私の好きな花ではない。香りが悪く、時々、臭く感じることさえあるからだ。

「うんちみたいな匂いがする」と私が言うと、夫は「そうか?」と聞き返し、「そんなはずはないんだけどなあ」と、まるで自分が責められているような顔つきをしたものだ。花壇にへばりつくようにして、ふたり並んでくんくんと花の匂いを嗅《か》いでみたものの、結局、意見が分かれて、結論は出なかった。取るに足りないこととはいえ、今では帰らぬ思い出だ。

夫のヨネダ・タモツと私の愛する息子ツトムが死んでから、三年と少したつ。あの日、私に電話をかけてきてくれたのはツトムのほうだった。当時、十七歳。反抗期というのだろうか、親に対してはいつもぶっきらぼうな口しかきかなかった子なのに、あの日に限って、電話口での声は優しかった。

「今、千歳《ちとせ》空港だよ」とツトムは言った。チューインガムを嚙《か》んでいるらしく、合間にくちゃくちゃという湿った音がした。「おばあちゃんから、山ほどみやげものをもらったよ。迷惑なんだよなあ、すげえ荷物になっちゃって。ま、文句も言えないけどさ。ついでに小遣いももらっちゃったから」

「いくらもらったの」私が聞くと、三万、とツトムは言い、まんざらでもなさそうに喉《のど》の奥で笑ってみせた。

高校最後の夏休みを利用して、ツトムが札幌に遊びに行きたい、と言い出した時、真っ先に賛成したのは私だった。札幌には私の実家があり、ツトムが幼いころから親しくしてきた従兄弟《いとこ》たちが住んでいる。受験勉強に明け暮れて、あのころ、息子の顔色はすぐれなかった。たった三、四日とはいえ、札幌で羽を伸ばしてくれれば、新学期が始まるころにはまた、元気を取り戻し、勉強に励むことができるだろう……私はそう思っていた。

会社員だった夫は、息子の予定に合わせて休暇をとった。私も夫も、一人息子を溺愛《できあい》し

ていた。高校生とはいえ未成年なのだし、道中も親の保護が必要だ、と考えていたのは私も夫も同じだった。外国に行くわけじゃないんだから、いちいちついてこなくてもいい、とツトムは抗議したが、夫は聞く耳を持たなかった。

どうして夫ではなく、私が一緒に行かなかったのか。札幌の家は私の実家であり、夫の実家ではない。息子に同行するのなら、夫ではなく私が行くべきだった。いや、どうせなら、家族全員で行くべきだったのに、どうして夫だけが、わざわざ休暇をとり、息子に同行したのか、いくら考えても私には思い出せない。

私はひとり、家に残り、夫と息子の帰るのを待っていた。羽田に無事に着いたら、すぐに電話してよね、と私は電話の最後にツトムに念を押した。面倒くせえなあ、と息子はぼやいた。いいじゃないの、心配なんだもの、と私は言った。

わずかな間があいた。うん、じゃあ、羽田からまた電話するよ、とあの子は言った。それが、息子の声を聞いた最後になった。

それにしても、いったい誰が、墜落した飛行機の残骸《ざんがい》の中から、愛する者の残した遺品を探し出している自分の姿を想像できるだろう。自分がそんな場面に立たされるかもしれない、ということをあらかじめ想定して生きている人間など、いやしない。

私の記憶は、ナイターを中継していたTV画面の上のほうに、ニュース速報が流れたその瞬間から、きれいに途切れてしまっている。泣いたのか、叫び出したのか、卒倒しかかったのか、それすらも覚えていない。

覚えているのは、通夜の席で札幌の母がむせび泣き、どうしてこんなことに、どうしてこんなことに、と繰り返していたことだけ。今でも、TVのドラマなどで、役者が「どうしてこんなことに」というセリフを吐くのを耳にすると、怒濤《どとう》のような感情の坩堝《るつぼ》にはまって、身動きができなくなる。

どうしてこんなことに……そう、それは私が抱えこんでしまった、永遠に答えの出ない問いなのだ。

あれから三年。私は夫や息子と共に暮らしたこの家で、ひっそりと生きている。夫は私に数々の思い出と共に、ヨネダコーポという一軒のアパートを残してくれた。老後のために、と夫が以前、敷地の一角に建てた小ぢんまりとしたアパートである。

夫は停年後、アパートの賃貸収入で悠々自適な暮らしを続けるつもりでいた。二階建て、六世帯が入居できるワンルーム形式のアパートは、夫が生きていたころは満室で、若い人たちで賑《にぎ》やかだった。だが、今はどういうわけか、みんな出て行ってしまい、真島《まじま》ノボルという大学生しか残っていない。

大家である私が変人で、いつも陰気な顔をしているから店子《たなこ》が居つかないのだ、と近所の人たちが噂していることは知っている。それでも結構、と私は思う。愛する夫と息子を同時に失ってごらんなさい、誰だって、明るい笑顔なんかできっこないから……そう叫び

たくなってくる。

だが、私は叫ばない。噂を気にしたりもしない。これでいいのだ。変人と言われようと、陰気だと言われようと、私は夫と息子の思い出がしみついたこの家で、今も彼らと一緒に生きているのだから。

エプロンをかけ、食事の支度をし、テーブルに運びながら、私はそっと声をかける。ツトム、ほらほら、そんなに慌てて食べないで、ニンジンを残しちゃだめよ、あら、ケチャップの染みを作っちゃだめじゃないの、そのシャツ、買ったばかりなんでしょ、あなたったら、また、新聞を読みながらのお食事ですか、困った人ねえ、え？　お醤油《しょうゆ》が足りない？　はいはい、今、持ってくるわね……。

私は今、むしょうに誰かの世話をしたい。昔、夫とツトムの世話をしたように、誰かの世話をしながら生きてみたい。なのに、がらんとした室内には誰もいないのだ。

そのことに気がつくと、機嫌よく言い続けてきた独り言が、ふいに途切れる。テーブルの上で、三人分の食事が湯気をたてている。誰も食べてくれない食事。私は突然、悲しくなる。すべてが馬鹿馬鹿しく思えてくる。騒々しいCMを流しているTVが憎くなる。車のCM、煙草のCM、映画の宣伝、何もかもがどうでもいい。私には無縁のもの。私はエプロンを持ち上げ、そこに顔を埋める。

ヨネダ・レイコ。五十歳。聞かれれば、誰にでもそう答える。でも、私は誰なんだろう、と時々、思う。わからなくなる。

友達もいないから、私のことをレイコさん、と呼んでくれる人はいない。たまに札幌の母から電話があるが、母も私に「レイコ」と優しく呼びかけてはくれない。いい加減にないな……母が言ってくれるのはそれだけ。いつまでもそんなふうに暮らしていたら、本当にだめになってしまうわよ……と。

だめになる、ってどういうこと？　私は聞き返す。母は困ったように黙りこむ。ざらざらとした音だけが受話器の中に残される。その繰り返し。このごろでは、母と電話で話すのも億劫《おっくう》だ。

庭のマリゴールドの花に水をやり終えてから、私はヨネダコーポのほうを見た。二階の中央にある真島ノボルの部屋の窓が開いている。ノボルが今日はまだ出かけていない、と思うと、急に嬉《うれ》しくなった。私は如雨露《じょうろ》を片づけてから家に入り、鏡に向かって身だしなみを整えた。

何か持って行ってあげるものはないか、と冷蔵庫を覗《のぞ》いてみる。ノボルは公立大学の三年生。顔だちが少し、ツトムに似ている。ツトムも元気でいたら、今ごろは大学生になっていただろう。そう思うと、ノボルに会うたびに懐かしくて懐かしくてたまらなくなる。

冷蔵庫にあった卵を二つと梨を一つ、小さな竹籠《かご》に入れた。戸棚にバターロールの残り物があったので、それも袋ごと籠に押し込んだ。

ノボルは生活に困っている。実家は福島の郡山《こおりやま》だそうだが、父親が何かの事業に失敗し、ここのところ、仕送りも途絶えているらしい。学費だけはなんとか親が面倒みてくれているようだが、生活費となるとお手上げ状態。不足分はアルバイトでまかなってほしい、と言われているそうだが、ノボルは生まれつき身体が弱く、なかなか学業とアルバイトを両立させることができない。コーポの部屋代にも困り果てるようになり、先月だったか、おずおずと「なんとか一ヶ月ほど待ってもらえませんか」と相談された。

私は笑顔で「かまわないのよ」と言ってやった。「親御さんからの仕送りが再開されるまで、部屋代は気にしないでここにいてちょうだい」と。

ノボルに出て行かれることを思うと寂しかった。部屋代などどうでもいいから、私はノボルにだけはヨネダコーポに住み続けてほしかったし、そのためだったら、何でも協力するつもりでいた。

食べ物が入った籠を手にコーポの階段を上がって行くと、ノボルの部屋から咳《せき》が聞こえた。烈《はげ》しい咳で、合間に食べたものをもどす時のような苦しげな呻《うめ》き声が混ざっていた。

びっくりした私は、ノボルの部屋のドアを大きくノックし、声をかけた。「私よ。ヨネダよ。どうかしたの？　大丈夫？」

しばらくしてからドアが開けられた。ストライプのパジャマを着たノボルは、紙のように白い顔をしていた。

「どうしたの。真っ青よ」

「ゆうべから気分が悪くて」とノボルは弱々しく言った。元気を装い、微笑もうとしているのが哀れだった。「多分、風邪だと思うんですけど……」

ためらうことなく、私はノボルの額に手を伸ばした。ノボルは一瞬、ひるんだように身体を固くしたが、すぐにされるままになった。額は驚くほど熱かった。

すぐに彼を部屋に押し戻し、ベッドに寝かせて毛布を首までかけてやった。六畳ほどのワンルームの室内は埃《ほこり》だらけで、雑誌や汚れたタオルや洟《はな》をかんだティッシュペーパーなどがちらばっており、足の踏み場もなかった。

私は手早くそれらの物を片づけた。汚いと思わなかった。ツトムの部屋はもっと汚かった。あんまり汚いので掃除機をかけようとすると、勝手に人の部屋に入るな、と怒られた。掃除をする、しない、で何度、ツトムと親子喧嘩《げんか》をしたかわからない。

また、あんな喧嘩をしてみたい、と思いながら、私はちらりとベッドの中のノボルを見た。ノボルは申し訳なさそうに、「すみません」と言った。

いいのよ、と私は笑った。「こうやってると、なんだか、死んだ息子のことを思い出すわ」

部屋を片づけ終えてから、キッチンにある小さな冷蔵庫を覗いてみた。とっくに賞味期限を過ぎたハムと牛乳の一リットルパック、缶ビールと清涼飲料水、それにコンビニで買ったものらしいおにぎりが一つ、入っているだけだった。

私は、とても口にできそうにないそれらの食べ物を全部、ゴミ袋に押し込み、てきぱきとお湯をわかした。持って来た卵を茹《ゆ》でて半熟にし、梨を剝《む》いて、ベッドまで運んでやった。

「食欲がなくて」ノボルは私が手渡した皿をそっと押し戻した。

「だめよ、食べなきゃ。こういう時こそ、栄養をとらなくちゃいけないんだから」

「寝てればそのうち、治りますよ」

「いいから、食べなさい。わかった？」

ノボルは困惑したように私を見た。言い方が少し、きつかったか、と反省した。とはいえ、まさか大学生にもなった男の子の口に「あーん」と言いながらスプーンを運んでやるのも憚《はばか》られる。

私が黙っていると、ノボルはいやいやながら食べ始めた。その調子よ、と私は微笑みかけた。

ノボルがなんとか、皿の中のものを食べ終えたのを見届けてから、家に駆け戻り、当座、必要と思われるものを選び出した。風邪薬、喉《のど》のトローチ、新鮮な牛乳、洗いたてのタオル……ツトムが使っていた部屋に行き、昔のまま残してあるクローゼットを開けて、ツトムのパジャマも取り出した。パジャマには樟脳《しょうのう》の匂いが移っていた。

再びノボルの部屋に行き、ノボルにパジャマを着替えるよう命じた。「今着てるパジャマは洗ってあげる。汗で汚れてるじゃないの。洗いあがるまで、これを着てなさい」

ノボルは私が手渡したツトムのパジャマをじろじろと眺めまわした。これ、とノボルは言った。「亡くなった息子さんのですか」

そうよ、と私は言った。「ツトムのものよ。もう、誰も着る人がいないの。あなたに着てもらえたら、こんな嬉しいことないわ」

ノボルは情けない笑顔を作り、おずおずとツトムのパジャマを私に返した。「やっぱり、遠慮しときます」

「あら、どうして？」

「息子さんの大事な遺品でしょう？　僕なんかが着て汚すわけにはいきません」

「そんなこと、かまわないのよ。着てちょうだいな。あなたに着てもらいたいの」

ノボルは情けない笑みを浮かべたまま、しばし迷うように虚《うつ》ろな視線を投げていたが、私が促すと、意を決したように着ていたストライプのパジャマを脱ぎ始めた。着替えを見られるのはいやだろう、と思い、私はキッチンに立って、薬の準備を始めた。

「どう？　あら、サイズがピッタリねえ。体格が同じなんだわ。あの子、高校生にしては身体が大きかったから。まあ、ほんとにぴったり。よかった、よかった」

ツトムのパジャマに身を包んだノボルが、ふとツトムそのものに見えてしまったことを隠そうとして、私ははしゃいでみせた。「さあ、これ、お薬よ。きちんと飲んでね」

ノボルは私が手渡したカプセルと水を受け取り、すまなそうに「すみません」と言った。

「いろいろご迷惑ばかりかけちゃって。部屋代だって滞納してるっていうのに、こんなことまでしていただいて」

「そんなこと気にしないでいいのよ。病気の時はお互いさま」

「申し訳ありません。ほんとに何て言ったらいいのか……」

「さあ、さあ、そんなことどうでもいいから、横になりなさい。毛布、かけてあげるから。そうだ。額に冷たいおしぼり、載せておいてあげましょうね」

私はいそいそと……そう、本当にいそいそと……立ち上がり、バスルームに行って目についたタオルを水に浸した。

「これでいいわ。どう？　少しは気持ちがよくなった？」私は、ベッドに仰向《あおむ》けになって額に濡《ぬ》れたタオルを載せているノボルに聞いた。

恥らっていたのだろう。ノボルは子供のようにこくりとうなずき、私から顔をそむけるようにして目を閉じた。

ノボルの熱はなかなか下がらなかった。ノボル本人にしてみれば苦しい毎日だったに違いないが、私は満ち足りていた。昔、夫やツトムの世話をしていたのと同じように、私はノボルの汚れ物を洗濯し、消化のいい食事を作り、日に一度は身体を拭《ふ》いてやり、自分の生活そっちのけで看護し続けた。

むろん、私とて、頭がおかしくなっているわけではないから、ノボルに向かって思わず「ツトム」と声をかけるような真似はしなかった。いくら、ノボルがツトムに見えてしまったとしても、ノボルはノボルであって、ツトムとは違う。死んだ子供を思うあまり、現実と夢との区別がつかなくなってしまう哀れな女は数多くいるようだが、私に限って言えば、そんなことはあり得ない。どれほどツトムの死を嘆き悲しんでも、ツトムと他の人間を混同するような妄想に陥ったことは一度もなかった。私は息子が死んだことを厳粛な事実として受け止めている人間だった。

初めのうちこそノボルは、「こんなにしていただくのは心苦しいので、放っておいてくださって結構です」などと言い続け、私の看護を避けるような素振りを見せていたが、熱のせいで、よほど身体の具合が悪かったのだろう。そのうち、何も言わなくなり、素直に私に身を任せるようになった。

私の長年の経験から言うと、風邪の熱というものは、どれほど悪性のものでも、安静を保って寝ていれば、せいぜい四、五日でひいていく。以前、ツトムがインフルエンザにかかった時も、四日目から熱が下がり出し、一週間後には完治して、登校できるようになったものだった。

熱以外にも深刻な症状があらわれたら、すぐに医者にみせるべきだが、そうでない限り、風邪をひいたら安静にして栄養のあるものを食べているのが最良の治療法なのである。

私は注意深くノボルを観察していた。熱と風邪特有の湿った咳《せき》が続いている以外、これといった症状は見られなかった。

大丈夫、と私はノボルに太鼓判を押してやった。「安心してね。間違ってもこれ以上、悪くならないから」

このお礼は必ず、とノボルは言った。「元気になったら、必ずお礼をさせていただきます」

「つまらないこと考えなくていいのよ」私は笑いかける。

自分の息子にしてやるように、ベッドに腰をおろし、ノボルの額にかかった前髪をかきあげてやったり、背中や腕をさすってやったりしたいのだが、意味もなくそんなことをしたら気味悪がられるかもしれない。こらえきれずに、思わず手が伸びそうになってしまうと、宙で手をとめ、何か他のことを思いついたふりをして立ち上がる。

ノボルに触れたい、もっともっと、いつくしんでやりたい……そう思えば思うほど、自制心が働くのは不思議だった。ノボルに嫌われたくなかった。それ以上に、私は自分の人間としての尊厳を失いたくなかった。他人の子を息子の代用品にするなど、もっての他だった。それはある意味で、倒錯した行為に他ならない。

それでも私は、ノボルの病気が長引けばいい、と内心、強く願っていた。元気になったらノボルの部屋にあがりこむ理由がなくなってしまう。ノボルのシーツや枕カバーを洗い、ノボルのために食事を作り、部屋の掃除をしてやる理由がなくなってしまう。

朝になり、待ちきれなくなってノボルの部屋に行き、ベッドの上に相変わらず生気のないノボルの姿を見つけると私は幸せになった。

口では「早く元気になってね」と言いながら、私はノボルがこのまま、永遠にヨネダコーポの狭いベッドの中で、私を唯一の頼みの綱としながら細々と生きてくれればどんなに嬉《うれ》しいか、と思わずにいられなかったのである。

ある朝、私がいつものようにノボルの部屋を訪れると、ノボルは白いTシャツにジーンズという、小ざっぱりとしたいでたちで私を迎えた。室内のCDデッキからはロック音楽が流れ、ベッドはきちんと整えられていて、いつも使っているテーブルの上ではいれたてのコーヒーが湯気をあげていた。

「おかげさまで、すっかりよくなりました」ノボルは晴れやかな笑顔を作って私を見た。「すごく気分がいいんです。ゆうべから熱も全然、出ていません。食欲もすごくて、この間、ヨネダさんからいただいたレトルトパックのシチュー、さっきあったためて全部、食べちゃいました」

おやまあ、それはそれは、と私は言った。内心の動揺を隠すのが難しかった。ノボルはもう病人には見えなかった。体力をもて余して、今すぐにでもどこかに飛び出して行きそうな、やりたいことだらけで落ち着きを失っている一人の若者に戻っていた。

「せっかく卵雑炊を作って来たのに」私は手にした鍋《なべ》を見せ、なじるように言った。何もそんな言い方をしなくてもいい、と思ったのだが、一旦《いったん》、口をついて出た言葉の流れは、なかなか止まらなかった。「いくらお腹が減ってるからって、私が来るのも待てなかったの？　レトルトのシチューを食べちゃうなんて。こんな病人食、食欲が出てくると食べたくないのかもしれないけど、これでも早起きして、一生懸命、作ったのよ。あなたのために」

ノボルはふいに表情を曇らせたかと思うと、すみません、と小声で言った。「でも、僕、別に……」

「熱が下がったからって、すぐに起き出したりしたら、どうなるか、全然わかってないのね。熱はぶり返すものなのよ。知らないの？」

私は苛々《いらいら》しながら、持って来た卵雑炊の鍋をキッチンに置くと、CDデッキのスイッチを消し、ノボルの視線を意識しながら乱暴にベッドカバーをめくった。

「さあ、寝てなさい。あんなに長い間、熱が下がらなかったんだから、まだまだ本当に治ったとは言えないのよ」

「あの、でも、僕、もうその必要はないんです。ヨネダさんにはいろいろ感謝してますけど、ほんとにもう、すっかり治りましたから、今度は僕がヨネダさんに御恩返しをする番で……」

「恩を売ったつもりはないわ。私はただ、あなたのことが心配だから看病してあげただけ。誤解しないで。さあ、寝てちょうだい。また熱が出てきたら困るでしょう。熱い雑炊を食べて、一眠りしてちょうだい」

自分でも何を言っているのか、わからなくなった。ノボルが全快したのは目に見えている。もう熱い雑炊も、梅干入りのおかゆも、薬もベッドもノボルには不要だった。今のノボルに必要なのは、久し振りの外の空気と都会の喧騒《けんそう》、同世代の友人達とのお喋《しゃべ》りだった。

そうわかっていながら、私はまくしたてた。「何をぼんやり突っ立ってるの。私の言っていることが聞こえないの？　何さ、さんざん人をこき使っておいて。あんたのために何度、洗濯機を回したか、わかってるの？　何度、おかゆを炊いたのか、わかってるの？　誰のおかげでここに住んでいられると思ってんの。部屋代だって払ってないくせに。治ったからって、大きな口をたたくんじゃないよ」

自分の口から発せられた言葉とは思えなかった。私はぞっとして、立ちすくんだ。窓の外のどこかで、雀が鳴いた。ノボルは憐《あわ》れむような目で私を見ていた。

涙があふれた。私はつけていたエプロンで顔を被《おお》った。身体が小刻みに震え出した。あまりの恥ずかしさに、いてもたってもいられなくなった。

「ごめんなさい。ひどいことを言ったわ。許してちょうだい。本気で言ったんじゃないのよ。ただちょっと、苛々して……」

いいんです、とノボルは恐ろしく低い声で言った。「おっしゃる通りですから」

立ったまま私がしゃくり上げていると、ノボルはそっとベッドに腰をおろした。スプリングが軋《きし》んだ。「こんなによくしていただいているというのに、生意気なことを言って、どうもすみませんでした。僕のほうこそ、あやまります」

私は傍にあったティッシュペーパーで洟《はな》をかみ、涙を拭《ふ》いた。昔もよく、ツトムと親子喧嘩《げんか》をして、思わず泣いてしまったことがある。わたしはちっとも変わっていない。いつまでたっても、子供相手に本気で感情的になってしまう愚かな親だ。

「あなたは治ってるわ」私は笑顔を作りながら、ベッドに座っているノボルを見下ろした。「あなたの世話をしていると、ツトムのことを思い出してね。なんだかツトムを看病しているみたいで楽しかったの。それだけよ。ずっとこのまま、あなたの世話をしていたい、と思ってたの。だから、あなたが元気になって、少し寂しくなったんだわ。ごめんなさいね、本当に」

ノボルはゆっくりと瞬《まばた》きを繰り返した。私は大きく息を吸い、もう一度、ノボルに笑いかけてから、テーブルの上のコーヒーを指さした。「おいしそうなコーヒーね。よかったら私にもごちそうしてくれない？」

ノボルはうなずき、立ち上がって私のためにコーヒーをいれてくれた。私はベッドの中央に腰かけ、ノボルはテーブルをはさんだ向こう側の座椅子に座った。私たちはしばらくの間、黙って向い合せになりながら、マグカップの中のコーヒーを見下ろしていた。

「ノボルさんとこうしていられるのは、ほんとに嬉しいことなのよ」私がぽつりと言った。「いやがらないで聞いてね。ツトムと主人を亡くしてから、私はずっと一人ぼっちだったでしょ？　おまけにコーポの住人はみんな、出て行ってしまうし。私はご近所から変人扱い。ほんとのこと言うとね、あなたがここに住んでくれたことが、私の最後の励みになってたの。変な意味じゃなくて、あなたのことは息子のように思ってたわ。今もそうよ。だから、こんなに一生懸命、看病したの。心からそうしたのよ」

はい、とノボルは重々しくうなずいた。「ありがたいことだと思ってます」

開け放された窓から、乾いた秋の風が入って来て、レースのカーテンを揺らした。ノボルが風邪で寝込んでいる間に、私が洗濯してやったカーテンだった。たっぷりリンスを使ったので、風にあおられるたびに、花の香りが室内に漂った。

「部屋代のことで、さっきはあんなにひどいことを言ってしまったけど、もう忘れてね。部屋代なんてどうでもいいの。今となっては、私、あなたにここにいてもらえるだけで満足なんだから。部屋代なんかいらないわ。なんにもいらない。その代わりずっとここに住んでいてほしいの。ずっとずっと」

「そういうわけにはいきませんよ」ノボルは風で揺らぐレースのカーテンを見るともなく見ながら、堅苦しい口調で言った。「やはり、部屋をお借りしている限り、家賃はきちんとお支払いしなくては」

「そういう真面目なところは、ツトムじゃなくて、主人とそっくり」私はくすくす笑った。「主人もそれはそれは真面目な人だったのよ。一度だって借金をしなかったし、道端で百円玉を拾っても、きちんと交番に届けたし、スーパーの店員がお釣りを一円間違えただけで、後で返しに行くような人だったわ」

ノボルは曖昧《あいまい》にうなずくと、マグカップに口をつけた。私は暖かなものが胸を満たすのを覚えた。何故、ノボルが全快したことが、あれほど気にくわなかったのか、わからなくなった。元気になったノボルも、同じノボルではないか。元気になったからこそ、こうやってノボルと対等に話ができる。そう。本当の親子のように。

「ねえ、ノボルさん」私はうつむき、マグカップを掌《てのひら》の中で玩《もてあそ》びながら言った。恋を告白するような気分だった。「私のこと、お母さんだと思ってくれないかしら。もちろん、本物のお母さんが郡山にいらっしゃるのはわかっている。でも、このヨネダコーポにいる間は、私は第二のお母さんだと思ってほしいの。それこそ、こき使ってくれてかまわないわ。洗濯もお掃除も食事の支度だって何だってやってあげる。私、あなたのお母さん役をやりたいの。もし、そうさせてもらえたら、私生きる意欲がわいてきて、多分、元気になれると思うのよ」

「お気持ちはよくわかります」ノボルは神妙な顔をして言った。

「だったら、お母さんと思ってくれない？　ね？　いいでしょう？」

「残念だけど、それは無理なんじゃないかと思います」

「どうして？」

「ヨネダさんはお母さんにはなれません」

「そりゃあ、そうよ」私は笑った。「あたりまえじゃない。私はあなたの生みの親じゃないんだもの。でも、私が言っているのは、そういう意味じゃなくて……」

ああ、ヨネダさん、とノボルは突然、マグカップをテーブルの上に音をたてて置くと、両手で頭をかきむしった。マグカップから飛び散ったコーヒーが、テーブルの上に点々と丸い染みを作った。「どう説明すればいいのか……」

「いやあだ、ノボルさん。いったい、どうしたっていうのよ」

ノボルは顔を上げた。眉間《みけん》に皺《しわ》を寄せて、大人びた表情で私を見つめるノボルの顔は、ふだん見慣れているノボルとは別人のように見えた。

「こんなことを申し上げるのは気がひけます。いろいろよくしていただいたというのに、今さら、こんなことまで申し上げるのは……」

「なんなの。はっきり、おっしゃいよ」私は不安を覚えながらも、笑みを崩さずに促した。

「もったいぶってないで、おっしゃいよ」

ノボルの顔が大きく歪《ゆが》んだ。何が起こるのか、私にはわからなかった。泣き出すのか。怒鳴り出すのか。それとも笑い出すのか。

「ヨネダさん、あなたは」ノボルはそこまで言うと、ごくりと喉《のど》を鳴らして唾《つば》を飲み込んだ。そして小刻みに震えながら吐き出す息の中で続けた。「男なんですよ」

周囲の空気が氷のように固まってしまったような気がした。外界のあらゆる音が遠のき、発泡性の液体の中に沈んでいく時のような、ちりちりとした不快な感触が私の身体を包んだ。

ノボルの背後に、大きな姿見が立てかけてある。そこにはノボルの背中と、ベッドに座っている私自身の上半身が映っている。

ノボルが何か喋《しゃべ》っている、三年前、飛行機事故で死んだのはヨネダ・レイコとその息子ツトムであり、私はレイコの夫、ツトムの父親で、ヨネダ・タモツという男なのだそうだ。

私はじっと姿見を見続けている。頭の中で、万華鏡がぐるぐる回っている。私自身が万華鏡の中で回り続ける、形のない色ガラスになってしまったみたいだ。

何がどこで食い違ってしまったのか。食い違ったものが何だったのか、それすらわからない。三年前のあの時から、あらゆる現実感が失われ、失われたまま、長い長い間、こうやって生きてきたような気もする。

少したつと、万華鏡の動きが鈍くなった。私は目をこらした。

姿見に映っている私はヨネダ・レイコではなく、ノボルの言う通り、どうやらヨネダ・タモツのようでもある。

しゅるしゅる

その朝、品子《しなこ》が茶の間の炬燵《こたつ》で遅い朝食をとっていた時、家政婦の和代《かずよ》が襖《ふすま》越しに声をかけた。「奥様。ちょっとよろしいですか」

どうぞ、と品子は言い、箸《はし》を置いた。ここ十日ばかり、ずっとそうだったのだが、相変わらず食欲がなかった。小さな御飯茶碗《ぢゃわん》に半分ほどの御飯を食べるのが精一杯。徹夜明けの朝、オフィスのスタッフと終夜営業の焼肉を食べに行き、それでも足りずに家に戻ってからLサイズの冷凍ピザを解凍し、一枚丸ごと平らげていたころのことが嘘のようだ。

民芸調の黄色い襖の向こうに、皺の寄った細面の顔が覗《のぞ》いた。あのう、と和代は言った。

「洗面所の窓なんですけど、どうしても閉まらなくなってしまいまして」

先月は、キッチンの流しの下に水もれがあった。先々月は、二階の寝室のドアが反りかえった。その前はトイレの水洗タンクが故障した。今度は洗面所の窓……。次はどこがイカレるのだろうか。

「近いうちに業者を呼ぶわ」品子はうんざりしながら言った。「年末で忙しいから、すぐには来てくれないだろうけど、年内中に直してもらわないといけないわね。いくら、格子がはまった窓だからって、不用心だし、第一、寒いもの」

和代は年齢に不釣り合いなほど大きな目をぱちぱちさせながら、うなずいた。両手は白いエプロンの裾《すそ》を握りしめている。「蠟《ろう》を塗ってみたんですけど、全然、動かなかったんです。あんまり力まかせにやって、壊してしまってもいけないですし」

「いろいろありがとう」

「サラダオイルも少したらしてみたんですが、かえってぬるぬるしちゃって……」

「面倒をかけたわね」

「あと一息なんでございますよ。あとたった五センチくらい」

「いいのよ」品子は少し鬱陶《うっとう》しくなって、視線をはずした。和代に苛々《いらいら》しても仕方がないとわかっていたが、胸の奥深くにこびりついているわけのわからない苛立ちが、むっくりと頭をもたげてくる。

一戸建ての新築の家を購入して一年。値段の安さと使っている材木の質の悪さが、安普請であることを物語っていた。もともと、基礎工事がしっかりできていなかったのかもしれない。だが、これほど故障が続出すると、いい加減、苛々してくる。もう、どうにでもなってよ、と叫びたくなってくる。

仕事を持ち、働いている身には、家の小さな故障をいちいち気づかう余裕はない。オフィスの経営が危なくなって、毎日、胃薬を飲みながらあちこちに電話をかけまくり、人と会えば、馬鹿みたいにペコペコし続けるしかない状態だというのに、トイレの水洗タンクや、流しの水もれや、洗面所の窓のことを四六時中、考えていろ、と言うほうが無理だ。ただでさえ、自分は今……。

「業者に任せたほうがいいわ」品子は頭の中を埋めつくしている厄介な問題のすべてを振り払うように、姿勢を正し、和代に向かって笑顔を作った。こんな時こそ、笑顔を忘れてはならないのだ。昔、祖母が言っていたではないか。品子、人はね、辛《つら》い時こそにこにこしていなければならないんだよ。そうすれば、神様がきっとわかってくださって、いやなことも解決するんだから。

「和代さんは気にしないでいいのよ」品子は明るさを装って言った。「たかが窓くらい、どうってことないもの。寒かったら、私が自分でテープでも貼っておくわ」

はい、と和代は言い、晴れやかに微笑み返した。「奥様。今日は何時にお出かけでございますか」

「あと三十分もしたら出るけど。それより、和代さん。悪いけど、今日は買物に行って来てくれないかしら。リストはできてるから」

「ようございますとも」

「量がちょっと多いんだけど、重たくなるようだったら、駅前からタクシーを使ってくれてかまわないわ」

「ありがとうございます」

和代はにっこりすると、静かに襖を閉めた。

可もなく不可もない家政婦だった。六十七歳だと聞いているが、年よりも若く見える。健康だけが取柄ですから、と本人が言っていた通り、ほっそりした身体はいかにも丈夫そうだった。

初めは、自分の母親と似たような年齢の婦人を雇うということに抵抗を覚え、口のききかたにも気を使った。重いものを持たせるのは気の毒だと思い、買物を頼むことも遠慮していた。

だが、親子ほど年の離れた和代から「奥様」と呼ばれているうちに、次第にその関係にも慣れてきた。一年たった今では、「奥様、お電話です」と言われても、誰のことか、と一瞬、あたりを見回すようなこともなくなっている。雇い主としての、相応の貫禄《かんろく》が身についてきたということなのかもしれない。

いささか動きが鈍重で、おまけに人の言ったことを即座に理解しない鈍さがあるのが欠点だったが、それでも仕事ぶりに不満はなかった。週に二度、月曜日と木曜日にやって来て、家中の掃除をし、窓を磨き、キッチンを磨き、庭の手入れをし、簡単な夜食を作って冷蔵庫に入れておいてくれる。仕事に忙殺されている品子にとっては、実にありがたい存在だった。

第一、和代が来ている時でも、昼日中から顔をつき合わせている必要がないのは楽だった。顔を合わせるのは朝だけ。買物を頼み、特別に掃除してもらいたい箇所を指示し、また今日もよろしくね、と言いおいて仕事に出かければ、それで和代との会話はおしまいだった。

そのせいで、未《いま》だに和代がどんな人生を辿《たど》ってきた人間なのか、品子は知らない。和代もまた、自分のことをこれっぽっちも知らないのだろう、と品子は思っていた。それでよかった。今は他人と必要以上の関係を持つのは煩わしいだけだった。

寝室でニットのスーツに着替え、書類鞄《かばん》を持ち、コートを片手に玄関に立った。いつものように和代が見送りに出て来て、玄関先に慎ましく正座した。

「行ってらっしゃいませ。お気をつけて」

「行って来ます。今日もよろしくね」

ドアを開け、外に出ると、小春日和の暖かな光が品子を包んだ。新興住宅街特有の音がする。どこかの玄関先で喋っている主婦たちの笑い声。ブレーキをかけながら坂を降りて行く自転車の音。フェンスの上に飛び乗って囀《さえず》る雀の鳴き声。遥《はる》か遠くから、かすかなざわめきのように聞こえてくる電車の音……。

都心から電車で一時間以上かかる場所とはいえ、三十五の若さで二階建て4ＬＤＫの家を無理して手に入れたのも、もとはと言えば、明彦《あきひこ》のためだった。

明彦は三つ年下である。品子が大学四年の時に、新入生だった明彦と親しくなった。初めはちょっとした恋愛ごっこのようなものだったのだが、そのうち自分が真剣になっているのに気づいた。彼が卒業するのを待って、二人は秘《ひそ》かに婚約を交わした。

彼は司法試験を目指して頑張っていた。親からの仕送りだけでは、ぎりぎりの生活が続いていたようだった。少しでも彼に余裕のある生活をさせてやりたいと思い、品子は髪を振り乱して働いてきた。運よくいろいろな人々に可愛がられ、『シナ企画』という企画会社も設立することができた。経営は順風満帆だった。そう、ついこの間までは。

昨年、明彦はやっと試験に合格した。彼の心の負担にならないよう気を使いながらも、品子は新築の家を購入した。結婚したら名義を共同名義に変え、返済ローンを折半にしよう、と明彦に告げるつもりだった。彼は、妻が家を購入したからと言って、面子《メンツ》を潰《つぶ》されたと思い、腹立たしく思うような男ではなかったのだ。

だが、問題はまったく別のところで生じた。今でもあの時のことを思い出すと、内臓がよじれるような感じがする。引っ越しまぎわの久しぶりのデートで食事をし、食後のコーヒーを飲んでいた時、彼は言ったのだ。言いにくそうに、わずかに唇を震わせながら。

「今夜で最後にしたいんだ」と。

店内にはフリオ・イグレシアスの『ビギン・ザ・ビギン』が流れていた。隣の席では、学生らしいカップルがオーストラリアにスキーに行く相談をしていた。

途方もなく長い沈黙の後、「どうして？」と品子は聞いた。聞いた途端、馬鹿げた質問だった、と気づいた。答えは明彦の顔に書いてあったからだ。

くすっ、と品子は駅までのゆるい坂道を降りながら、力なく笑った。経営者としての才能はあっても、人の心を見抜く才能がない人間は大勢いるが、自分がまさにそうだったと思うと、情けなかった。そりゃあそうだ。学生時代から通算十数年間つきあって来て、ただの一度も明彦に他の女性がいると疑ったことがなかったのだ。お人好《よ》しで鈍感で、年下の男に貢ぎ続け、あげく家まで買ってしまった間抜けな経営者。それが私だ。

品子が、神谷町《かみやちょう》にある自分のオフィス『シナ企画』に入って行くと、パソコンの前に座って、枝毛を切っていた相沢里美《あいざわさとみ》が慌てたように立ち上がった。あと十分遅れて入って来たら、きっと、この子は口紅を塗り直していたところだったろう、と品子は皮肉な気持ちで思った。さらに十分遅れて入って来たら、そう、多分、通信販売のカタログ誌を前にして、シルクのスキャンティか何かを選び出しているところだったに違いない。

「おはよう」品子は、里美が枝毛ののったティッシュを丸めて屑籠《くずかご》に放り込むのを横目で見ながら、陽気に言った。「今日もいい天気ね。何か電話が入ってなかった？」

里美はロングヘアをはね上げ、かろうじて仕事する女の表情を取り戻した。「三十分くらい前に、神原《かんばら》企画の鮫島《さめじま》さんからお電話がありましたけど」

「そう。どういう用件？」

「さあ、よくわかりませんが、今日中にお目にかかりたいとかで……後でまたお電話するそうです」

どうせ、銀座の写真展がボツになった話だろう、と品子は思った。アメリカの有名な写真家の作品を集めて、銀座で大がかりな写真展を開き、日本の写真家と対談させる、という企画を打ち出したのは、元はと言えば品子だった。神原企画の社長である神原重雄《しげお》がその話に乗り、いろいろと手助けしてくれた。以前からそうだったが、神原重雄の力はたいしたものだった。マスコミとタイアップする話もまとまりかけていた。いくつかの雑誌が、品子のところに取材に来た。写真家の顔と並んで、品子の顔が週刊誌の巻頭グラビアを飾るはずだった。

なのに神原は突然、死んでしまった。品子に別れの挨拶《あいさつ》をする間もなかった。父親のように自分を可愛がってくれていた神原は、もう何ひとつ、助けてくれない。これからは、たった一人でこの苦境を切り抜けていかねばならない。

「鮫島さんって、厭味《いやみ》な喋《しゃべ》り方をする人なんですね」里美が口を尖《とが》らせた。「前から思ってたんですけど、神原企画の人で感じがよかったのは社長の神原さんだけ。亡くなってしまって本当に残念ですね。これでもう、あの会社とはつきあうこともなくなるんでしょうけど」

ええ、ええ、そうよ、その通りよ、神原社長の子飼いの女が経営してるシナ企画なんて、神原さんが死んだら、あっというまに風前の灯《ともしび》になる運命にあったのよ……心の中でそう毒づきながらも、品子はデスクに向かい、煙草をくわえて火をつけた。笑顔は絶やさなかった。笑顔を絶やしたらおしまいだ、という思いだけがあった。

「別に神原企画とつきあいがなくなっても、うちの仕事がなくなるわけじゃないわ。神原社長が亡くなったのは確かに痛手だけど、里美ちゃんの言う通り、神原企画の人たちは決して感じがよくないしね。こちらからさよならしても、いいと思ってるのよ」

里美は曖昧《あいまい》にうなずいた。南向きの小さなオフィスには、長い冬の日差しが満ちていた。だが、二つの空きデスクが、冷凍庫に入れられた棺桶《かんおけ》のように冷たく沈んで見える。

ここ半年ばかりの間に、有能だった男のスタッフ二人が相次いでやめていった。決して口には出さなかったが、彼らが二人とも、日頃から品子のやり方に反発を感じていたことは確かだった。自分が、神原社長の愛人だと囁《ささや》かれていたことも品子は知っている。もっとおぞましい噂が広まっていたのかもしれない。

神原社長が死んだために、シナ企画も存続が危うくなった、と判断したらしい彼らは、神原の葬儀が済むと、さっさと辞表を提出した。品子は受け入れ、できるだけの退職金を用意してやった。

その時はまだ、新たに優秀なスタッフを雇うことができるだろう、という楽観的な気持ちでいられた。だが、だめだった。業界に妙な噂が広まっていたせいか、神原企画の社長の愛人にすぎない、と言われていた品子のオフィスに、本気で寄りつこうとする者はいなかった。今ではスタッフは里美一人だけ。身体を飾りたてることにしか興味のない里美には、仕事は任せられない。すべて品子一人で切り盛りしていかねばならない。

「ところで、例の雑誌の編集の件はどうなってる？　ライターたちと連絡がとれた？」品子は聞いた。

大手出版社が新しく刊行する旅行雑誌のグラビアページを品子のオフィスが任された。スタッフがいないので、外注するしか方法がない。

「ずっと連絡をとってはいるんですが、皆さん、旅行中だったりして……」里美は情けない顔をして言った。「それより、編集部のほうから何も連絡がないのがおかしいですよね。もう丸二カ月になりますよ。いいんですか？　このまま進めちゃって」

「いいんですか、ってどういうこと？」

「私、ちょっと噂を聞いたんですけど、あの雑誌、結局、企画の段階でボツになったとか、って……」

「そんなはずないでしょ」品子は思わず声を荒らげた。「私はあそこの編集長からじきじきに依頼されたのよ。刊行の日取りは決まってなかったにしても、途中で企画倒れするなんて、そんな失礼な話、あるわけないじゃないの」

「ええ、でも……」里美は申し訳なさそうに視線をはずした。「もっぱらの噂になってるんですよ。いまさら新しい旅行雑誌を出したって赤字になるのは目に見えている、って。部長クラスが会議で猛反対したんだ、って。嘘かほんとか知りませんけど、でも、そういう噂があるのは事実なんです」

品子は煙草をせかせかと吸いこみ、灰皿でもみ消した。笑顔。笑顔。笑顔を忘れてはいけない。

「わかったわ」彼女はひきつった笑みを浮かべながら、気づかれないよう深呼吸した。胃の奥がちりちりと痛み始める。

「でも、噂はあくまでも噂よ。こちらはそんなことは気にしないで、進めていかなくちゃ。後になって、間に合わなくなったら、それこそ大変なことになるわ」

そうですね、と里美は言った。品子の言うことよりも噂のほうを信じているのは明らかだった。哀れむような表情が一瞬、里美の頬に浮かび、やがて消えていった。

自分の席に戻りかけた里美は、途中でためらいがちに振り返った。品子と視線が合うと、里美は唇を軽く舐《な》め、「あのう」と言った。

「なあに？」

「品子さん、今日の夜はお暇ですか」

「別に用はないけど、でも、どうして？」

「ちょっと品子さんにご相談したいことがあるんです」

スタッフたちに、社長である自分のことを名前で呼ばせる習慣をつけたことに品子が後悔を覚えたのは、それが初めてだった。

わかってるわよ、と彼女は思った。相談の内容は聞かなくてもわかる。辞めたい、って言うんでしょう。それとも結婚するから、長いお休みが欲しい、とでも言い出すつもり？　クラブの先輩相手に、退部届けを出す高校生のような言い方で。品子さん、私、辞めたいんです……と。

「食事を一緒にしましょうか」品子は言った。胃のちりちりが激しくなっている。また、胃薬を飲まなくてはいけない。昼は胃薬、夜は入眠剤……。マリリン・モンローばりに薬漬け、ってところだ。

「でも、もう少し待ってね。神原企画の鮫島さんとの話が何時に終わるか、それ次第だから」

「わかりました」里美は場違いなほど朗らかに言い、部屋中にシャンプーの香りをふりまきながら、自分の席に戻った。

神原企画の鮫島とは、その日の午後三時に近くの喫茶店で会った。銀座で行われるはずだった写真展が中止になったこと、そして、神原企画としては、今後、シナ企画とこうした形で関わりをもつことはないだろう、ということを慇懃《いんぎん》無礼な調子で述べてしまうと、鮫島は同情するような目で品子を見つめ、急に慣れ慣れしい口調で言った。

「で、どうです。その後は」

「その後、とおっしゃいますと？」

「いえ、お宅の会社のことですよ。何か面白い進展でもありましたか」

「まあまあです。いつもと変わりありません」

「シナ企画が好調に続くことを祈ってますよ」そう言って、鮫島はシャツがはちきれそうになっている太鼓腹をせり出し、椅子にのけぞるような姿勢で煙草をくわえた。「神原社長もあなたのことだけが、心残りだったんでしょう。でも、こうなってしまったことを悪く思わんでくださいね。うちの社員の中には、シナ企画との連携プレーをかねてから苦々しく思ってる連中が大勢いたようでしてねえ。私の一存ではもうどうにもならんのですわ」

「わかっています」と品子は言った。

背を丸めたりするな、しゃんと背筋を伸ばして、この目の前にいる計算高い腹ボテ狸を睨《にら》みつけていろ、自分は神原社長の愛人でも何でもなかったのだから……そう自分に言いきかせるのだが、どうしても視線が揺らぎ、身体が小さくなってしまう。

「社長の遺志を継いでやっていくのが私の使命だったんでしょうが、これぱかりはねえ。

なにしろ、急すぎました。あんなに元気だった社長が、ゴルフ場でティーショットを打った途端、倒れて病院に運ばれるなんて、誰も予想もしなかったですから。遺言もなければ、社員に対する指示もない。本人も辛《つら》かったでしょう。とりわけ、あなたに対する指示を残すこともできなかったことがね」

品子はやっとの思いで顔を上げた。「お話はそれだけですか」

ははは、と鮫島は目を大きく見開いたまま笑った。

「これはこれは。無駄話だったようですな。お忙しいところを失礼。お手間をとらせました」

レシートを手にしようとした鮫島を制し、品子は財布を開けた。こんな狸にコーヒー代を払ってもらうつもりはなかった。

「いいんですよ」と鮫島は言った。「神原社長はいつもあなたに金を使ってたでしょう？シナ企画設立の折りにも尽力したそうじゃありませんか。え？そうなんでしょ？お茶代くらい払ってさしあげなくちゃ、社長があの世で怒り狂いますよ。でもねえ、神原がいなかったら、あなた、どこかの2LDKのマンションで、三人くらい子供を作って、ご亭主のために肉じゃがなんかを煮るような生活をしてたんじゃないですか。そっちのほうが幸せだったんじゃないのかなあ。私はつくづく、そう思いますよ」

「どういう意味です」品子は低い声で言った。

鮫島はおどけたような表情を作り、「わかってるでしょ」と言った。「この世界は、世間知らずの普通のお嬢さんが乗り込んで来て、簡単に成功するような世界じゃないってことですよ。失礼なことを言うようだが、あなたが成功したのは、企画代理店の神様とも呼ばれていた神原がいたからです。神原なしに、あなたがここまでやって来ることができたかどうか……疑問ですね。所詮《しょせん》、お嬢さん芸だったんですよ、あなたのやってきたことは。あなたを可愛がってくれる男なしにはできなかったことなんです。そこのところ、この際だから、ようく考えてみたほうがいいですね」

屈辱感が品子を打ちのめした。怒りが頭の中で煮えたぎる泡となり、身体中の穴という穴から噴出してくるような気がした。眩暈《めまい》がし、身体が大きく揺れた。あらゆる理性が吹き飛んだ。

彼女は中身が半分以上残っていたコーヒーカップを手にとると、勢いをつけて鮫島の太鼓腹にぶちまけた。近くにいた女の客が、飛沫《しぶき》を浴びたらしく、小さな悲鳴をあげた。飲物を運んでいたウェイターが、盆を手にしたまま、好奇心たっぷりといった調子で立ちすくんだ。

しばらくの間、鮫島は黙ったまま、自分の腹に染みこんでいく泥のようなコーヒーを見つめていた。彼の顔から表情というものが消え去った。店内のざわめきが遠のいた。

ほう、と鮫島は怒りをこめた口調で言った。「お嬢さんはこんなこともなさるんですか。

クリーニング代を払っていただきましょうかね。なにしろ、このシャツは高かったもんでね」

店内が静まり返った。涙があふれた。品子は財布から一万円札を二枚、わしづかみにすると、太鼓腹めがけて投げつけ、嗚咽《おえつ》を嚙《か》み殺しながら、小走りに店を出た。

その夜、品子は約束通り、里美と一緒に食事をした。行きつけの赤坂の天ぷら屋のカウンターで、里美は天ぷらのフルコースを平らげ、半分以上残ってしまった品子の分にまで箸《はし》をつけたあげく、「ああ、苦しい」と言って、スカートのベルトの穴を堂々と一つ、ずらした。「たくさん食べる時は、ベルトをはずしてくるべきですね。でも、困っちゃう。こうやって、どんどん太っていくんだわ。品子さんはいいですねえ。全然、体重が変わらないんでしょ？　いつもほっそりしてて、羨《うらや》ましい」

「ねえ、里美ちゃん」品子は冷酒に口をつけながら言った。里美が太ろうが、自分がこのまま痩《や》せ細って病気になろうが、そんなことはどうでもよかった。一刻も早く、話を切り上げて、家に帰り、熱い風呂《ふろ》に入って何も考えずに眠りたかった。狸に言われたことや、雑誌の編集の仕事がなくなりそうになったことはもちろんのこと、洗面所の窓が閉まらなくなったことも、去っていった明彦のことも、意地悪く壊れ続ける新築の家のことも、何もかも忘れて眠りたかった。

「相談したいことがある、ってことだったけど、相談の内容は私、知ってるのよ。あなた、うちの事務所を辞めたいんでしょ？」

あら、と里美は素《す》っ頓狂《とんきょう》な声をあげた。「どうしてわかるんですか」

TVのホームドラマみたいなセリフを言うのはやめてちょうだい、と言いたかった。どうせなら、洒落《しゃれ》た会話で結着をつけたかった。あたりさわりのない台本のようなセリフ運びなど、聞きたくもない。

「辞めたいんでしょ？」品子はうんざりするのをこらえて、静かに繰り返した。

「いろいろ考えたんですけど……、私、ちょっと他にやりたいことがあって……」里美は甘えるように小首を傾げた。

「シナ企画では素敵なお仕事をたくさんやらせていただいたし、感謝してるんですけど……私、のろまで、物覚えが悪いから、品子さんにとっては全然、役に立たないし……自分にとってもよくないんじゃないかと思って……」

自宅で何回も練習してきたような言い方だった。だが、それでもよかった。言い方など、どうでもいい。

会社が左前だから辞める？　OK。当然だ。スタッフがどんどん辞めていくから私も辞める？　OK。それも立派な理由である。神原社長の愛人として仕事をもらっていたような能のない社長と働くのはもういや？　OK。その通り。認めましょう。私は能のない社長。お嬢さん芸を繰り返すことしかできなかった、世間知らずの経営者。でも、愛人ではなかった。誓って言うが、神原とはずっと親子のような関係だった。

「神原さんとのことなんだけど」品子は言った。言うつもりはなかった。だが、言わずにはおれなかった。「里美ちゃんも、私と神原さんが愛人関係にあった、と思ってるの？」

あら、と里美は困ったように笑い、「そんな」と言い、次いで語尾を濁しながら「別に、何も」と言った。

「確かに私は神原さんに若いころからとっても可愛がられてたわ」品子は思い出すように言った。「神原さんは昔、お嬢さんを病気で亡くしてらしてね。初めから私のことを実の娘のように思ってくださってたのよ。私も小さい時に父を亡くしてるから、神原さんは本当の父親のようだった。愛人関係だなんてとんでもないの。神原さんの私への協力の度合いが、常識的に考えてちょっと行き過ぎだったということは認めるし、神原さんに奥さんがいらしたことを考えれば、私ももう少し、距離をおいたつきあいをすべきだったんだろうけど……でも、私と神原さんとの間には、親子のような感情以外、何ひとつなかったのよ。男と女が必要以上に接近していると、世間ではすぐに愛人関係だの何だの、って騒ぎたてるけど、そうじゃない関係もこの世には存在するの。それだけは、里美ちゃんにもわかってほしいの」

里美は困ったようにゆっくりとうなずいた。品子と神原に関する汚らしい噂を山ほど耳に入れてきたらしい里美としては、どう答えればいいのか、わからなくなったに違いない。

沈黙が始まった。いたたまれないほど気詰まりな沈黙だった。

馬鹿なことを言った、と品子は後悔した。何だって、今頃になって、ろくに物を考えないような小娘相手に、弁解がましいことを言ったりしたんだろう。

品子は急にひどい疲れを覚え、「とにかく」と冷やかに言った。「あなたがうちの会社を辞めたいのなら、私は引き止めないわ。但し、年内は残務整理なんかがあるから、残ってちょうだい。年内いっぱい、ということにしましょう。それでどう？」

「かまいません」と里美は言い、急にさっぱりしたような顔つきで、ぺこりと頭を下げた。「どうもすみません。いろいろわがままを言って」

品子は黙ってうなずき、里美のグラスに冷酒を注いでやった。頭の芯《しん》が重かった。寒気もする。さっきから気分が悪いのは、風邪のせいかもしれなかった。

なるようになれ、と彼女は思った。最悪のことが一度に襲いかかってきて、人生は振り出しに戻ったのだ。また、サイコロを振りながら、一つずつコマを進めて行かねばならない。気の遠くなる作業……。

「品子さん、なんだか顔色が悪い」里美が品子の顔を覗《のぞ》きこみながら言った。「具合でも悪いんですか」

別に、と品子は言い、微笑んだ。その途端、笑顔が顔に貼りついた。急に酔いがまわってきた感じがした。頭の中の血が音をたてて失われていくような気がした。床がぐらつき、天井が回った。

食器が割れる音がし、誰かが叫び声をあげるのがわかった。だが、はっきりとした音を聞いたのはそれが最後だった。やがて周囲の音という音は、すべて、プールの中で聞く音のようにくぐもってしか聞こえなくなった。

気がつくと、天ぷら屋の従業員控室に寝かされていた。品子は里美と天ぷら屋の主人に礼を言い、もう大丈夫だから、と言ってタクシーを呼んでもらった。十二月の夜はしんしんと冷えていた。家に着く間中、品子は車の後部座席で半ば目を閉じながら、震えていた。


和代が寝室にやって来て、戸口から顔を覗かせた。「お熱のほうはいかがですか」

品子は「大丈夫」と言った。「ゆうべ、びっしょり汗をかいたから、もう平気よ。だいぶ下がったわ。七度二分。あと一息ね」

「それはようございました。風邪は暖かくして、汗をかけばたいてい治ってしまうものですからね。やたらとお薬を飲む必要もありませんですよ」

和代は室内でしゅうしゅうと蒸気をあげている加湿器の具合を確かめると、「お熱が下がったら、何か召し上がらなければ」と言った。「お粥《かゆ》ができてますけど、どうなさいます？」

空腹感は確かにあった。赤坂の天ぷら屋で倒れて三日目。一人ではどうしようもなくて、和代に電話し、特別に来てもらったものの、熱に喘《あえ》いでいたため、昨日まではろくな食事もできなかった。食欲が出てきたのは嬉《うれ》しい兆候だった。

「何のお粥？」

「卵と三つ葉のお粥でございます。梅干しもありますよ」

梅干しと聞いて、にわかに生唾《なまつば》がわいた。

「いいわね」と品子は言った。「いただくわ」

「こちらにお運びしてもいいんですけど、炬燵《こたつ》が暖まってますですよ。今日はいいお天気だし、お茶の間も日があたって暖かいし……。起き上がれるようだったら、お茶の間のほうで召し上がったらいかがでしょう」

気分はすっかりよくなっていた。品子は茶の間で食事をすることにし、ベッドから出て、和代が差し出してくれた厚手の毛糸のカーディガンをはおった。天気がいいせいで、家の中はどこもかしこも暖かく、気持ちがよかった。品子は階下の和室に行き、充分暖まっている炬燵の中に足を入れた。

縁側から十二月のやわらかな太陽がさし込み、部屋中がぬくもりに満ちている。小さな庭で雀が飛び交っているのが見えた。茶簞笥《だんす》の上で置き時計が静かに時を刻んでいる。

ずっと昔、まだ子供だったころ、風邪をひいて学校を休んだ時のことが思い出された。

風邪をひくと、母親は特別に優しかった。日当たりのいい茶の間の炬燵に品子用の特別の席をもうけてくれて、梅干し入りのお粥だの、ほうじ茶だの、みかんだの、黒砂糖入りの飴《あめ》だのを大きな盆に載せて運んで来てくれたものだ。

風邪が治ったら、また頑張らなくちゃ……と品子はしみじみ思った。長い人生には、誰だって不運のダブルパンチ、トリプルパンチを受けることがあるのだろう。風邪をひいたのをいい機会に、少しゆっくり休んで、今後の計画をたてなおすのだ。

確かにお金に困り始めているが、借金をするほどではない。月々かかる費用とて、ここ当分はこれまで通り、支払える。里美がオフィスを辞めるなら、いっそのこと一人に戻り、ゼロから出発するのも悪くないかもしれない。深刻に考えていては、だめになる。もっと明るく、陽気に、前向きに物事の処理をしていかなくては。

「熱々のお粥でございますよ」和代が小さな丸盆に、一人用の土鍋《どなべ》を載せてやって来た。「梅干しと、昆布の佃煮《つくだに》と、それから、ちょっと金時豆をやわらかく煮てみました。お口にあえば、どうぞ召し上がってくださいまし。風邪の時はタンパク質をたくさんとるのがいいんですよ」

ありがとう、と品子は言い、炬燵の上に拡げられたそれらの小さな心づくしの手料理に感嘆の溜《た》め息をついた。「こんなにしてもらって、本当に何て御礼を言ったらいいのかわからないわ。とってもおいしそう。なんだか、風邪なんか吹っ飛んでしまったみたいに食和代は目を細め、「たんと召し上がれ」と言った。「私はお台所におりますから、いつでも呼んでくださいまし」

「ここにいてちょうだい。いてほしいの。ねえ、いいのよ、と品子は和代を引き止めた。一緒に食べない？　半分、分けてあげる」

このおいしそうなお粥、一緒に食べない？　半分、分けてあげる」

和代は口に片手をあてて微笑んだ。「奥様、私はお昼はもういただきましたから。それは奥様の分でございますですよ」

「だったら、お茶をいれて、お菓子でも食べたら？　そうだわ。そこの茶箪笥の中に、いただき物の栗羊羹《ようかん》が入ってるの。好きなだけ食べてちょうだいな」

ほほ、と和代は笑い、少しの間、考えるような仕草をしたが、栗羊羹と聞いて、断るのが惜しくなったのか、それとも、娘のように年若いこの家の主人が風邪をひいて人恋しくなっていることに勘づいたのか、「それでは」と言って、炬燵の向こう側に腰をおろした。

「せっかくですから、お言葉に甘えて」

品子がここしばらくなかったほどの食欲を覚えながら、卵と三つ葉の入ったお粥を食べている間、和代は茶箪笥から取り出した栗羊羹を器用にむき、炬燵の上で大切りに切り分けて、いかにも美味《おい》しそうに頬張り始めた。

「甘いもの、好きなのね、和代さん」

そう品子が言うと、和代は恥ずかしそうに口をおさえ、「大好きでございます」と言った。「放っておくと、私一人で羊羹一本、平らげてしまうくらいでして」

「すごいのね。でもいいのよ。遠慮しないで、その栗羊羹、全部、食べちゃって。私は甘いものはちょっと苦手だから」

はい、と和代はうなずき、控えめに二切れ目の羊羹を口に運んだ。

暖かく静かな十二月の午後、炬燵をはさんで、母親のような年齢の純朴そうな婦人が、いかにも美味しそうに栗羊羹を食べている。そう思うと、品子は思いがけず優しい気持ちになった。他人に対して、これほど素直な関心をもったのは久しぶりのことだった。

「和代さんと、こんなにゆっくりするのも初めてね。これまでお話しする機会もなかったものね」

「はい。そうでございますねえ」

「時々、こうやって風邪をひくのも悪くないわね。熱と一緒に、なんだか心の汚れが汗になって流れていったみたいな気分」

「ようございました」

「ねえ、和代さん。あなたのこと、聞いていいかしら」

「何でございましょう」

「結婚はしているの？」

「とっくの昔に未亡人になりましてねえ」和代はお茶を一口飲み、前歯にはさまった栗羊羹の滓《かす》を一瞬のうちに指先でほじくり出すと、何事もなかったように微笑みかけた。「主人が亡くなってから、もう十五年以上たちますですねえ」

「じゃあ、今はお一人？」

「はい。一人で暮らしております」

「住んでるのは確かマンションだったわよね。優雅ねえ。一人でマンション暮らしっていうのも悪くないでしょう？」

「どうでしょうかねえ。なにしろ古くて狭苦しい部屋ですし、掃除するといっても、すぐに終わってしまうし、退屈ですよ。おかげさまで、年のわりには身体だけは丈夫なので、ずっとこういうお仕事をさせていただいてますから、気持ちも晴れますけど、これで一人でずっとあの部屋にいると思うと、やっぱりちょっとねえ」

「いいじゃない。元気でいるのが一番だわ。お子さんはいらっしゃるの？」

「はい。息子が二人。次男は若い時からアメリカに住んでて帰って来ないんですけど、長男は役にたつ息子なんでございますよ。なにしろ、今私の住んでるマンションをただで貸してくれてるのは、長男なんですから」

「まあ、ただで？」

「はい。昔からけっこう羽振りがいいんですよ、あの子。そのマンションはもう古くなりすぎてて、今更、転売することも難しいだろうから、って。もう四十になる子供なんですが、気前がいいというか、優しいというか。おかげで1DKの狭い部屋でも、私は住むところには一生、困らないってわけでして。あの、これ、もう一切れ、いただいてもよろしいでしょうか」

品子は微笑み、「どうぞ」と言った。和代はにっこり笑って、驚くほど大きく羊羹を切り分け、いとおしそうに竹のフォークを突き刺した。

庭で雀がかん高く囀《さえず》った。土鍋から立ちのぼる湯気が日だまりに陽炎《かげろう》を作っている。

「奥様。実は私、機会があったら、是非とも奥様にお話ししておかなくちゃ、と思ってたことがあるんです」三切れ目の羊羹を音をたてて飲みこんだ和代は、ポットから急須《きゅうす》に湯を注ぎながら言った。

「何かしら」品子は、ほとんど食べ終えた土鍋の中の粥を木杓子《きじゃくし》を使って、一カ所に集めながら聞いた。「洗面所の窓のこと？　それともどこかの水もれ？　いやんなっちゃうわよね。新築の家だっていうのに、こうも故障続きだと、工務店を訴えてやりたくなるわ。和代さんだってそう思うでしょ？　だいたい、近頃の……」

「違うんですよ、奥様」和代は自分の湯呑《ゆのみ》と品子の湯呑に等分にお茶を注ぎながら、やんわりと遮った。「そんなことじゃないんです」

品子は木杓子を使う手を止めて、和代を見た。「何？」

「世にも不思議なことなんですよ、奥様。さあ、冷めないうちにお茶をどうぞ。奥様が指定なさるお茶はいつもおいしくって。やっぱりお値段の張るものは何でもおいしいものでございますねえ」

「いやだ、和代さん」品子は渡されたお茶を受け取ると、そのまま炬燵《こたつ》の上に置き、笑った。「世にも不思議なこと、っていったい全体、何の話？」

和代はゆっくりと自分の湯呑を口に近づけ、ふうふうと息を吹きかけて、一口すすった。

「ちょっと長い話になってしまいますけどね。そもそもの始まりは、私のマンションでおこったことなんでございますよ。これはね、奥様。本当に本当に、不思議な話なんです。そして、このお話を私がするのは、奥様が初めてなんでございます」

へえ、と言って品子は身体を乗り出した。「面白そうね。聞かせてちょうだい」

和代は湯呑を両手で玩《もてあそ》びながら、「古い建物でしてね」と言った。「いえ、私が今住んでるマンションのことです。五階建てで、大きくも小さくもない普通のマンションなんですが、築三十年はたってるでしょうね。それ以上だったかしら。よくわかりませんけども、ともかくオンボロで、どうしようもないほど古くなってしまってるんでございます。夏になるとゴキブリの巣になるし、しょっちゅう、あちこちにガタがくるし……。それでもね、結構、若い人たちに人気があって、一つのフロアーのうち、半分以上が賃貸のお部屋になっているんですが、たいていいつも、埋まってますんですよ。息子に聞いたら、なんですか、古くなった建物に住むのが、今の若い人たちの流行だそうで。そのせいでしょうか。ほんとに、若い店子《たなこ》さんたちで、いつも賑《にぎ》やかなんでございますよ。若い人たちが住んでるマンションっていうのは、何て言うんでしょうか、何かこう、浮き浮きするような感じがしますですよね。おかげさまで、私はいつまでも自分が若くいられるような感じがして、ありがたいことだといつも、神様に感謝してまして……」

「それで？」と品子は苦笑しながら先を促した。「そのマンションで何がおこったって言うの？」

はい、と和代は言い、ちらりと品子を上目づかいに見上げた。「私の部屋は三階の305号室なんですが、廊下をはさんだ向かい側が312号室でして……この不思議なお話はその312号室でおこったお話なんでございます」

「312号室に幽霊が出たの？」くすくす笑いながら、品子は聞いた。もうすっかり熱は下がったようだった。親戚《しんせき》のおばさんから怪談話を聞き出そうとしている子供だったころの自分を思い出した。怪談話はいつも気持ちをわくわくさせる。「それとも妖怪《ようかい》かしら」

和代はそれには応《こた》えなかった。彼女はお茶をすすり、こともなげに「死ぬんです」とだけ言った。

「え？」

「死ぬんですよ。そのお部屋に入居なさった方が。必ず、亡くなってしまわれるんです。

はい。自殺なんでございますよ、奥様」

品子は黙っていた。和代は白髪まじりの髪の毛に軽く手をあて、「四人」と言った。「私があのマンションに住み始めてから、もう四人も亡くなりましたですかねえ。初めの方は二十四、五歳の娘さんで、美術関係のお仕事をなさってましたが、ある冬の朝、お部屋の中で首を吊《つ》ってたところを訪ねて来た男の人に発見されました。次の方はやっぱり二十五歳くらいの女性で、水商売の方でしたが、その方もお風呂場《ふろば》で手首を切って、睡眠薬を飲んで、亡くなりました。三人目は男性でしたね。三十歳ぐらいでしたか。感じのいい方で、なんですか、週刊誌の記者をやってる、って話でしたが、その方は電車に飛び込んで自殺なさってしまって……。四人目はついこの間でございます。二十八歳の女の方で、失恋自殺。睡眠薬をたくさん飲んで、ベッドの中で冷たくなってました」

「いやな話ね、和代さん」品子は言った。聞きたいと思っていた楽しい怪談ではなかったことが、むしょうに残念に思われた。「それ、ほんとなの？　同じ部屋で四人も自殺するなんて。信じられない。いくら偶然にしても、気味が悪いわ。それにそんなにたくさんの自殺者が出たら、噂が拡がって、そのお部屋に入居する人がいなくなるんじゃないのかしら」

「私もそう思うんですが、いつもすぐに次の入居者が決まってしまいましてね。都会では案外、そういうことがおこるんじゃないでしょうかねえ。入居してくる人は田舎から出て来た人とか、全然、別の土地から来た人が多いですし、第一、仲介した不動産屋さんはもちろんのこと、近所に住む人間もいちいち教えたりしませんからね。そこは自殺者が出たお部屋ですよ、とか何とか、誰も言いやしませんよ。黙って見てるんです。いらぬお世話を焼いて、トラブルに巻き込まれるのもいやですし。私もそうでした。管理人さんからも厳しく言われてましたしね。つまらないことを教えたりしないように、って。そりゃあそうですよねえ。夢いっぱいに楽しそうに引っ越して来た若い方に、そんな気味の悪い話を聞かせるのは、やっぱりよくないことでございますからねえ」

「知らぬが仏、ってわけね」

「ええ、そんな感じですわねえ。知らなければ、何事もなかったと同じことですから。312号室は日当たりもいいし、眺めもいいし、素敵なお部屋なんですよ。皆さん、引っ越して来られると、とても喜んで、お友達を呼んでどんちゃん騒ぎをしたり、それはそれは楽しそうでした。エレベーターで会うと、にっこり挨拶《あいさつ》なさって、ゆうべはうるさくしちゃって、ごめんなさい、なんてあやまって……皆さん、本当にいい方だったんですが」

「そんな幸福そうな人が自殺していくわけ？」

「はい。引っ越して来て半年くらいは何もおこらないんです。皆さんそうでした。いつ会っても、元気そうでね。でも、半年を過ぎるころから、少しずつ様子がおかしくなっていくんです。顔色が悪くなって、元気がなくなって、なんだか一晩中、泣いてたみたいな顔になって……」

「四人が四人ともそうだったの？」

「そうなんです。で、私などは次に何がおこるかわかってるんですが、やっぱり何も言えませんわね。あなた、そのお部屋にいると、自殺したくなるんだから、すぐに引っ越したほうがいいですよ、なんて、とてもじゃないけど、言えませんですよ。頭がおかしい婆さんが何かおかしなことを言ってる、ぐらいにしか思われないでしょうしねえ。それで、気の毒になあ、と思いながら、様子を見ていると、ある日、そのお部屋からお葬式が出るんです。お線香の匂いがしばらくの間、廊下に漂ってて、なんだか、いやあな気持ちになりますわね。ああ、またか、って。管理人さんは一度、お祓《はら》いをしてもらったほうがいい、っておっしゃって、私が留守にしていた時に、霊能者っていうんですか？　そういうことをやる人に来てもらって、お祓いをすませたらしいんですが、全然、効き目がありませんでねえ。でも、四人も次々に自殺していくのを見ているのは、本当に怖いし、不気味なことでございますよ。いったいあのお部屋には何が取りついているんだろうか、って、私……」

「もういいわ、和代さん」品子は大袈裟《おおげさ》に片手を振り、笑ってみせた。「充分、怖がらせてもらったし、それ以上、聞いてたら、なんだかまた熱が出てきそうよ」

「まだお話は続くんでございます。奥様、辛抱してもう少し、聞いてくださいまし。あ、おみかんでもいかがです？　甘いおみかんがございますけど」

「今はいいわ」品子はかぶりを振った。「早く話をすませちゃって」

はい、と和代はうなずき、また一口、お茶を飲んだ。「それで私……ええと、そうでした。あれは、三人目の自殺者が出た後のことだったんですが……週刊誌の記者をやってらした男の方ですけどね……私、312号室の前に立って、しげしげとドアを見ていたんでございます。業者の人がやって来て、室内の壁紙なんかを貼り替えることになってましたんですが、まだその時は、元のままでした。で、もしかすると、ドアには鍵《かぎ》がかかってないかもしれない、と思って、私、そっとドアを開けてみたんです。思っていた通り、ドアには鍵がかかっていませんでした。管理人さんがかけ忘れたのか、不動産屋さんがそのままにしていったのか、よくわかりませんけど、ともかく鍵はかかっていなかったんです。ご遺族の方が、荷物を全部運び出してしまった後のことでしたから、中はがらんとしていました。でも、別におかしなところは全然、ありませんでね。普通のお部屋でした。日当たりもいいし、眺めもいいし。どうしてこんな明るいお部屋に住んでて、皆さん、自殺したくなったりするのかなあ、と不思議に思いましたよ。やっぱり偶然だったのかしら、とも思いました。その時でした。奥様。私、はっきり見たんですよ」

その言い方が、世間話の延長のように、いかにも穏やかな言い方だったので、かえって品子は震え上がった。「何を？　何を見たの？」

「黒い小さなものです」和代はゆっくりと瞬《まばた》きした。「小さな黒い毛糸玉みたいなもの。そう、人のこぶしくらいの大きさで、やわらかそうな、ふわふわしたものでした。それが、しゅるしゅる、って音をたてながら、ものすごいスピードで部屋の中から飛び出して来て、私の足もとをすり抜けて、マンションの廊下を転がって、あっという間にどこかに消えていったんです」

自殺した人々の亡霊でも見たのではないか、と思って息を殺していた品子は、「なあんだ」と言って溜《た》め息をついた。

「おどかさないでよ。ゴキブリを見たのね？　そうなんでしょ？」

和代は「いいえ、奥様」ときっぱり言った。「ゴキブリなんかじゃないんです。黒くって丸くて……すばしこい感じがして……。でも、生きものではありませんでしたねえ。何かもっと別なものでした。これまで見たこともないものでした」

「じゃあ、いったい何だったの？」

「さあ、私にもわかりません。気味が悪いものであることは確かでございましたけど。でも、別にぞっとするとか、怖くて逃げ出したくなる、っていう感じはしませんでしたねえ。ただ、ただ、不思議だったんです。それだけです」

「人だまにしちゃ、おかしいものね」品子はくすっと笑った。「真っ黒な人だまなんて、聞いたことがない」

和代はうなずき、続けた。「それからしばらくして……そう二ヵ月くらいたってからでしょうか。お部屋がきれいになってから、二十八歳の娘さんが越してらしたんです。それでね、奥様。私、その娘さんが引っ越して来た時、ちょうど日曜日だったものですから、自分のところの玄関の掃除をしてたんでございますけどね。娘さんは恋人らしき男の人を連れて、キャーキャーはしゃぎながら荷物を運び入れてました。3１２号室のドアは開いてました。中にはいろんなダンボール箱やら可愛らしい小さな家具やらが運びこまれてましてね。娘さんと男の人は、次の荷物を運ぶのにエレベーターで下に降りて行きましたんですけど……その時、私、また見たんです」

品子は炬燵《こたつ》に入れていた両手を出して、ふざけた調子で肩をすくめてみせた。「今度は何？　太ったネズミでも見たの？」

「同じものですよ。あの黒い小さな毛糸玉みたいなものが、しゅるしゅる、って音をたてて、マンションの廊下のどこかから滑ってきて、開けっ放しのドアの向こうに入って行ったんです。なんだか、そうするのをどこかでじっと待ってたみたいにね。しゅるしゅる、って。それで……」

和代はそこまで言うと、声をひそめた。「私、どうしてかわかりませんけど、ああ、またここに住むあの娘さんも死ぬな、って思ったんです。気の毒に、って。なんで、そんなふうに思ったのかはわかりません。でも、本当にそう思ったんです。そうしたら、やっぱり、その娘さん、四ヵ月後に睡眠薬を浴びるほど飲んで、亡くなりましたんでございます。お通夜の晩に、引っ越しの時に娘さんの手伝いをしていたあの男の人も来ていました。あんたのせいよ、って娘さんのお母さんに怒鳴られてましてね。男の人は、下を向いたまま、一言も言わずに帰って行きました。その後も、皆さん、ずっと泣いてらっしゃいました」

品子はごくりと唾《つば》を飲み込み、平静を装って「そう」と言った。「怖いというか、不思議な話ね。その小さな黒い玉は死に神なのね、きっと。そして、その玉は312号室が好きなんだわ。居心地がよくて、好きなものだから、その部屋から出ようとしないのね。でも、和代さん」と彼女は和代を見つめた。「どうしてそんな話を私にだけ聞かせてくれるの？」

聞いた途端、わけもなく背筋に冷たいものが走った。品子は身動きひとつせずに、和代を見た。

「奥様のお耳にいれておいたほうがいいと思ったからなんです」和代はいくらか言いにくそうに言った。「あのぅ、奥様。このお宅のお玄関の脇に小さな黄楊《つげ》の木がございますよね。お庭を作った時に、植えてもらったと奥様がおっしゃっていた黄楊の木です」

品子はそっとうなずいた。和代は正面から品子を見た。

「十日くらい前のことでした。奥様が会社にいらっしゃるのをお見送りして、私、外に出てみたんです。暖かな日でしたから、ちょっと玄関まわりのお掃除でもしておこうと思って。そうしましたところ、あの黄楊の木の下に、何か見覚えのある小さな黒いものがうずくまっているのが見えたんです。それは、私が見ている前で、しゅるしゅるととぐろを巻くように回って、そのまま、ものすごいスピードで裏庭のほうにすべって行きまして。私はびっくりして後を追いました。そうしましたら、あれ《い》はまるで私に見られてることを知ってるみたいに、途中で立ち止まり、人を小馬鹿にするみたいに、しゅるしゅる、ってまた音をたてて回って、あげくの果てに、私と遊びたがってでもいるように、そのへんをぐるぐる回るんでございますよ。私、つかまえて痛い目にあわせてやろうと思って、必死になって追いかけたんですが、すばしこくて、とてもつかまえられるものじゃありません。そうこうするうちに、あれ《い》は、小さな身体を細くして、高くジャンプすると、壊れて閉まらなくなっていた洗面所の窓の隙間から、するり、とこのお宅の中に入って行きましたんでございますよ」

どこか遠くでヘリコプターが飛んでいるのどかな音がする。庭先の雀の囀《さえず》りも相変わらずだ。日差しはますます長く伸び、部屋全体が穏やかな光で満ちている。

耳の奥で血が小さな泡粒のようになって、ざわざわと音をたて始めた。品子は全身を固くして、真っ直ぐ前を向いていた。

「こういうことは、是非ともお耳に入れておくべきことでございますからねえ」和代は淡々と言い、何が可笑《おか》しいのか、くすっと短く笑った後で、残った栗羊羹《ようかん》をおずおずと指さした。「奥様。これ、全部、いただいてしまってもよろしいでしょうか」

何も応《こた》えられずにいた品子の目の前で、冬の午後の光を一身に浴びた和代は、いかにも幸福そうに栗羊羹の最後の一切れを切り分けると、もったいぶった仕草で口に運び始めた。

足

真鶴《まなづる》の駅で降りた。三月初旬の金曜日。午後一時ちょっと過ぎだった。

駅前の公衆電話で、妹の和代《かずよ》の家に電話をしたのだが、誰も出ない。和代の義母は熱海の病院に入院中だったから、おおかた病院にでも行ったんだろう、と私は思った。玄関の合鍵《あいかぎ》を持っているので、留守でも別段、困らなかった。そろそろ姪《めい》の舞子《まいこ》が学校から戻って来る時間でもあるし、どこかでケーキでも買って行こうか、と思いつつ、あたりを見回しているうちに、構内タクシーがやって来た。

電車で真鶴を訪れるのは初めてだった。いつもは自分で車を運転して来る。免許を取ってから十五年。無事故無違反が自慢だったのに、昨年の秋、真鶴に向かう途中で大きな事故を起こしてしまった。以来、怖くなって車の運転はしていない。

タクシーに乗り、妹夫婦の住む町の名を言った。あったかくなったねえ、とごま塩頭の運転手はバックミラー越しに笑いかけた。ほんとにねえ、と私は応《こた》えた。それまで沈んでいた気分が、急に浮き立ったような感じがした。

妹夫婦のところに来るのが、目下のところ、私の一番の楽しみだった。私は真鶴の町も空気も、妹夫婦の家も、ここに住む人たちも、そしてもちろん、妹の家族も、何もかも気にいっていた。

いくら妹夫婦が大歓迎してくれるからといって、度を越した頻繁な訪問は控えるべきだ、身内であっても、相手はすでに独立して家庭を持っているのだから……そう自分に言い聞かせ、自重するのだが、一ヵ月ともったためしがない。気がつくと、週末を妹の家で過ごしている。今回のように、金曜日に会社を休み、週明けまで真鶴にいて、ここから直接、出勤したことも何度かある。

家族のいない私が寂しそうに見えるのか。それとも、そう言うのが礼儀だと思ったからなのか。何度か義弟の浩《ひろし》から「義姉《ねえ》さん、いっそのこと、一緒に暮らしませんか。幸い、この家は広いし、仕事なんかやめて、ここでのんびりされたらどうです」と持ちかけられた。

正直なところ、ふと心が揺れたこともある。東京でサラリーマン生活を送っていた義弟は、真鶴の実家の父親が急死してから、家業の酒屋を継ぐために急遽《きゆうきよ》、妻子を伴ってこの地にやって来た。浩の実家は古い農家を改造したもので、部屋数が十近くある。私一人くらい増えたところで、どうということはないだろう、という甘えもあった。

それに私がいれば、和代が熱海の病院に行っている間、舞子の相手もしてもらえるし、御飯も作ってもらえる。犬の散歩、家事雑事一切を頼めるわけだから、忙しい彼らにとっては便利には違いない。

だが、結局、私は断わった。おかしな言い方だが、そこまで落ちぶれるつもりもなかったのだ。私にはまだ、浜田《はまだ》という恋人がいて、腐れ縁にしろ何にしろ、その男との関係が続いている。東京を引き払う気はなかった。浜田と別れ、仕事もやめ、真鶴に来てしまったら、おしまいのような気がする。

浜田には妻子がいた。ひょんなことから知り合い、恋におち、離婚するのしないの、と大騒ぎをしてから十年ほどたつ。

一緒に借りた1LDKのマンションに私ひとりが住み続け、今も浜田は毎週火曜日の夜になると、判で押したように通ってくる。泊まっていくのは半年に一度ほど。それ以外は、一緒に食事をし、酒を飲み、TVを見、風呂《ふろ》に入るのも、ベッドに入るのも面倒になって、そのまま寄り添ってうとうとするだけ。

映画を観に行ったり、飲みに行ったり、旅行したりしていたのは初めだけで、私が四十、彼が五十を過ぎた今は、そういうこともしなくなった。肌を触れ合わせることも少なくなり、いったい何のために関係を続けているのか、自分でもよくわからない。どちらかが、ピリオドを打とうとすれば、何かが変わるのだろうけれど、とりたててそうする必要も感じられず、気がつくとまた一年が過ぎている。

浜田が来ない日は時間をもて余し、時々、いたたまれないほど寂しくなるが、そういう時に限って浜田は、まるでどこかで私を見ていたかのように、酔っぱらって電話をかけてくる。滞りがちな会話の後で、私がしみじみと、もう十年たつのね、と言うと、そうだね、と彼は吐息の中でつぶやき、本気なのか、冗談なのか、二十年でも三十年でも一緒にいよう、やっぱりきみが一番だ、などと呂律《ろれつ》の回らない口調で言うのだった。

妹夫婦の家に着き、料金を払ってタクシーから降りると、気配を聞きつけたのか、飼い犬のゴン太が、大きく吠《ほ》えた。ゴン太、ゴン太、と呼びかけながら庭に行く。興奮して私に飛びかかろうとするものだから、鎖に引っ張られて、ゴン太は首吊《くびつ》り状態だ。喉《のど》を詰まらせ、ひゅうひゅうという変な声を出しながら、それでも必死になって私を求め、前足をばたつかせる。

私は両手でゴン太の頭をごしごしと撫《な》でてやり、元気だった？ と聞いた。ゴン太は喜ぶと、オスのくせに地面に尻《しり》をなすりつけておしっこをたれる癖がある。危うく、足を濡《ぬ》らされそうになったので、私は笑ってゴン太から離れた。

庭にはクヌギの巨木があり、他にも柿、ザクロ、ウメなど果実のなる木がたくさんある。少しずつ芽吹き始めた木々は、どれも暖かな日差しを浴び、気持ちよさそうに枝を伸ばしている。古い木造の家屋のガラス戸は、空を映して青い鏡のように輝いている。縁の下には、乾いた土がこびりついた素焼きの鉢やら、自転車の空気入れやら、錆《さ》びついたシャベルやら、すりきれた竹箒《たけぼうき》などが雑然と押し込まれていて、ゴン太の恰好《かっこう》のおもちゃになっている。

私も和代も東京生まれの東京育ち。子供のころは、大森の借家に住んでいた。小さな家だったが、庭がついており、やっぱり縁の下には似たようなものが押し込まれていた。暮れの大掃除のころになると、決まって父が「縁の下が汚い」とぶつぶつ文句を言うのだが、言うわりには面倒くさがって片づけようとしない。あまり身体が丈夫でなかった母も、めったに庭掃除などしなかったから、いつも縁の下には様々ながらくたが転がっており、それをいいことに、私や和代は、チュウインガムの滓《かす》やアイスクリームの蓋《ふた》などをゴミ箱代わりに投げ捨てて、父に見つかった時は、ひどく叱られたものである。

父は私が二十二の時に、母は六年前、それぞれ病死した。父も母も早死にの家系だった。父方の兄弟《きょうだい》姉妹で残っているのは一人だけ。母は二人姉妹の長女だったが、今ではそろってこの世にいない。

大森の家には、しょっちゅう、筆子《ふでこ》おばさんが出入りしていた。母の妹にあたる人で、当時、二十七、八歳だったと思う。ショートカットにした髪の毛を真っ赤に染め、手足の爪も、唇も真っ赤に塗りたくり、ともかくいつ見ても派手で、おばさんがうちに来ると、近所の人たちが噂し合うほど目立っていたのだが、その筆子おばさんも、ずいぶん昔に死んでしまった。

母が死んでからは、しばらくの間、私が両親の位牌《いはい》と一緒に、身寄りのない筆子おばさんの位牌も預かっていた。だが、義父の死後、和代が、真鶴に素敵なお仏壇を用意した、というので、位牌を三つとも和代夫婦の家に持ってきた。

和代が買ったのは、まるで仏壇らしくない、黒と白のダイナミックな幾何学模様が入っている細長いモダンな仏壇だった。洋風の家ならともかく、日の当たらない古い農家の北向きの仏間にはそぐわない。その、あっけらかんとした佇《たたず》まいに違和感すら覚えたが、私は文句は言わなかった。先のわからぬ関係の男と借りたマンションに位牌を置かれているよりも、窓の向こうに木々の緑が見え、風向きによっては相模《さがみ》湾の潮の香りが漂ってくるようなところで、しっくりと落ち着くことができたのは、両親にとっても筆子おばさんにとっても、喜ばしいことだったに違いない。

合鍵を使って玄関の引き戸を開け、中に入った。玄関の右手に長い縁側が伸びている。縁側に沿って、いくつもの座敷が並んでいる。襖《ふすま》を開け放すと、大宴会場に早変わりするような間取りである。

玄関の斜め前には、昔ながらの土間をそのまま残した大きな厨房《ちゅうぼう》がある。厨房の脇の暗い廊下を進んで行くと、裏手に仏間になっている小部屋、かつて酒屋の従業員に貸していたという部屋、納戸、それに風呂場《ふろば》とトイレがある。

和代が意識して洋風に装飾しているため、玄関先の、ガラスの壺《つぼ》に入れられたドライフラワーやアラベスク模様の敷物、カラフルなボアスリッパなどが、黒光りした古い家屋に不釣り合いで可笑《おか》しい。

舞子が学校から帰るまで、庭に出ていようかと思ったが、なんだか疲れた感じがした。さっきゴン太に触れた手に、日向《ひなた》くさいゴン太の匂いがこびりついている。

私は薄暗い廊下を歩き、風呂場の隣の洗面所に入って、手を洗った。洗面台には歯磨きのクリームがこびりつき、数本の抜け毛が、絡み合うようにして落ちていた。

最新式の全自動洗濯機の上には、汚れものが山のように積まれてある。何日も前に洗濯して、取り込むのを忘れているらしい舞子のソックスだのパンツだの、和代のパンティストッキングだのが、天井に渡されたナイロン紐《ひも》にぶら下がったままになっている。

酒屋の手伝いや姑《しゅうとめ》の世話で忙しい和代は、家の中のこととなると、呆《あき》れるほどおろそかである。やっぱり私がこの家に来てあげなくちゃだめなのかしら、と私は思い、誰かに答えを求めるつもりで、仏間を振り返った。

風呂場、トイレ、洗面所と並んでいる廊下を隔てた向かい側に仏間がある。仏間の襖はいつも、開け放されたままになっている。仄暗《ほのぐら》い部屋に、浩の先祖が祀《まつ》られた黒檀《こくたん》のどっしりとした仏壇と並んで、いかにもふざけた感じの、例のモダンな黒白幾何学模様の仏壇が置かれているのが見える。

浩の母親が病に倒れるまでは、両家の仏壇は別々の部屋に置かれていた。さすがの和代も、嫁ぎ先に血縁の位牌を持ち込むことに遠慮があったようだ。モダンな仏壇は夫婦の寝室に置き、姑の目につかないよう配慮していたようだが、姑の長期入院を機に、この家は和代の天下になった。浩にも文句ひとつ言わせず、仏壇をさっさと仏間に移してしまったのは、いかにも和代らしい。

何事につけ、和代は私と違って雑駁《ざっぱく》で、型破りだった。姑が死んだら、黒檀の仏壇を取り払い、両家の位牌をごちゃまぜにして、あの黒白の現代風な仏壇の中に納めようと言い出す可能性もあった。

筆子おばさんは、大勢の人の輪の中で賑《にぎ》やかにしていることが好きだったからそれでもいいかもしれないけど、と私は思い、苦笑した。父や母はいやがるだろう。とりわけ、あの融通のきかない、堅物そのものだった父は。

筆子おばさんが生きていたころ、父は家におばさんが出入りするのを嫌っていた。理由は簡単。髪を真っ赤に染めた筆子おばさんは、バーに勤めていたからだ。

子供たちの教育に悪い、と父は母に向かって低い声で文句を言った。どうして筆子おばさんが来ると教育に悪いのか、わからなかった。説明を求めるつもりで、父に質問しようとすると、決まって、子供は黙っていなさい、と怖い顔で睨《にら》まれた。

きっと筆子は寂しいのよ、と母はそのたびに、私や和代を気づかって、そっと父をいさめた。両親ももういないし、血のつながった人間は私しか残っていないんだし。家族も持たずに働いて、あんなに派手にしているけど、ほんとは寂しくて寂しくて仕方がないのよ。

それとこれとは別だ、と父は不機嫌そうに言い、私や和代の手前、話を打ち切る。そのくせ、生来、気が弱い男でもあったから、筆子おばさんと顔を合わせると、父は心にもない世辞を言ったり、冗談を飛ばしたり、おばさんのコップにビールをついでやったりして、おばさんが来ることを歓迎するふりをしていた。

おばさんは酒好きで、煙草もたしなんだ。私や和代の見ている前で、赤い紅を塗った唇をすぼめ、天井に向けて煙の輪を何個も作ってくれる。ほら、おばさんのほっぺたを突っついてごらん。そうすれば輪ができるから。そう言われて、私も和代も夢中になって、おばさんの頬に人さし指を伸ばした。

おばさんが言った通り、私たちが頬をぽんと突くたびに、赤い唇からぽかりと輪が浮き上がる。私たちが拍手をし、声をあげて笑うと、おばさんは自慢げに、何度も何度も、輪を作って見せてくれるのだった。

当時、幼かった和代は別にして、おばさんは私のことを決して子供扱いしなかった。まさに、それこそが父を不安がらせ、教育に悪いと、言わしめていた原因だったと思うのだが、筆子おばさんは時々、大まじめに打ち明け話までしてくれた。

男の人にだまされてばっかり、とおばさんは縁側で爪の手入れなどしながら、ぽつりと言って笑う。男運が悪いのよ。いい人だな、と思うと、そういう人に限って、あたしのこと利用して逃げていくの。

オトコウンって何？　と聞くと、私にもわかるように、きちんと説明してくれる。おばさんはにっこり私に微笑みかける。ついこの間まで、結婚したいと思ってた人がいたのよ。でも、その人には奥さんも子供もいたの。独身だって信じてたから、びっくりしちゃって。仕方ないね。諦《あきら》めるのも癪《しゃく》だけど、世の中には諦めなくちゃいけないことが、たくさんあるんだからさ。あたしの言ってる意味、わかる？

私がこくりとうなずき、なんとなくわかる、と言うと、おばさんは嬉《うれ》しそうに私の頭に手をのばし、髪の毛がくしゃくしゃになるまで撫《な》でてくれた。

当時、私たち一家が住んでいた大森の家に、部屋は三つあった。そのうち二つは続き部屋で、南向きの明るい縁側に沿って並んでおり、両親はその二つの部屋をそれぞれ、茶の間、寝室として使っていた。

残る一部屋は四畳半で、東に向いていたものの、隣家の鬱蒼《うっそう》とした葡萄《ぶどう》棚に囲まれていたため、昼でも薄暗かった。勉強をするには落ち着いてちょうどいいから、と言い、父はその部屋に勉強机を置いて、私に勉強部屋として使うよう命じたが、実際、私がそこで一人で勉強することは稀《ま》れだった。

夜、一人で部屋にいるのは怖い、とわがままを言うと、父は不承不承《ふしょうぶしょう》、勉強机を茶の間に面した縁側の隅に運んでくれた。そのため、東向きの四畳半は、結局は、筆子おばさんが来た時に寝起きするための部屋になってしまった。

二棹《さお》の洋服箪笥《だんす》が置いてあり、薄暗くて湿っている上に狭苦しい空間ではあったが、筆子おばさんは、いつのまにかそこに自分専用の籐《とう》椅子だの、小さな丸テーブルだのを運びこみ、それなりに居心地のいいよう飾りたてて、週末になると必ず、やって来るようになった。

部屋には、筆子おばさんの派手なドレスや帽子や、ちまちまとした化粧道具、姫鏡台などがあふれかえった。おばさんは姫鏡台に向かって、しょっちゅう、化粧をしていた。手足の爪を赤く塗り、息を吹きかけて乾かし、乾くまでじっとしてなきゃいけないの、と言って、私を呼びつけ、台所の床下からビールを持って来させたりした。

自分の借りている家の一部を、気にいらない義妹に占領された父の気持ちは、想像するまでもない。週末になるたびに、わがもの顔で通ってくる義妹に苛々《いらいら》し、蔭《かげ》で母にあたりちらし、当時、両親の仲は険悪になっていたようだが、筆子おばさんがそのことに気づいている様子はなかった。

おばさんはいつも、チョコレートだのゼリービーンズだの、マシュマロだの、私や和代が喜びそうなお菓子を手にやって来て、母を相手に長々と雑談し、楽しそうに笑いころげた。時に、私たち子供が理解できない言葉を使って、深刻そうに眉《まゆ》を曇らせていることもあったが、おばさんがそんな顔をすることは稀れだった。

母が疲れた、と言って横になると、おばさんは葡萄棚の見える四畳半に、私を連れて行った。そして、化粧品に興味を示す私の唇に桃色の口紅を塗りたくっては、きれいきれい、早くおかあさんに見せておいで、と歓声をあげる。

和代が、あたしも塗って、と騒ぐと、ようし、和代ちゃんには真っ赤っかを塗ってあげよう、と言い、真っ赤っかっか、空の雲、みんなのお顔も真っ赤っか……などと歌いながら、和代の唇を赤く塗りつぶす。和代は化け物のように塗られた真っ赤な唇のまま、喜んで外に飛び出して行き、たまたま和代と鉢合わせした近所の老婆が、ガラスで口を切ったものと思いこんで大騒ぎを始めたこともあった。

その筆子おばさんは、私が小学校五年になった年の春、泥酔状態のまま、深夜の交差点でトラックにはねられた。明け方、警察から連絡があり、母が大慌てで病院に駆けつけたのだが、その時、すでにおばさんは死んでいた。ほとんど即死だったらしい、と後から聞かされた。

子供心にも寂しい葬式だったと記憶している。焼香に訪れる人の数も少なく、来た人の大半が、おばさんの勤めるバーの関係者で、父はまたしても不機嫌そうに、葬式にあんな派手ななりをしてきて、と文句を言った。母は、桜の季節だったことだけが、せめてもの慰めね、と言って泣きくずれた。

その筆子おばさんについては、奇妙な思い出がある。おばさんが死んだ年の夏のことだ。

何事につけ怖がりだった私は、風呂《ふろ》に入る時も、風呂場の引き戸を開けっ放しにしておくのが習慣だった。粗末な小さい家だったから、脱衣場があるわけでもない。風呂場の引き戸は廊下に面しており、廊下をはさんだ向かい側に、例の四畳半がある。

その夜、四畳半の部屋の襖《ふすま》は開いていた。九月とはいえ、まだ残暑が厳しかったころのことである。母が四畳半の葡萄棚に面した窓を開け放ち、風通しをよくするために、部屋の襖も開けておいたらしかった。

湯船に身体を沈めて前を向くと、廊下の向こうに闇に沈んだ四畳半が見えた。葡萄棚に向かって開け放された窓の外から、かすかに隣家のざわめきが聞こえてくる。さっちゃんという、私と同い年の子供が住んでいる家だった。そのさっちゃんの笑い声もはっきりと聞き取れた。

茶の間では、母がテレビを見ていた。お笑い番組だったと思う。筆子おばさんが死んでからあまり笑わなくなってしまった母が、珍しくくすくす笑う声が聞こえた。

和代はもう寝ていた。父はまだ帰っていなかった。

四畳半には、二棹の洋服箪笥の他に、筆子おばさんの使っていた籐椅子と小さな丸テーブルが残されていた。筆子おばさんが生きていた時は、あんなものを置かれたら、部屋が狭くなってかなわない、と蔭で文句を言っていたくせに、父はその籐椅子とテーブルを処分しようとは言い出さなかった。筆子おばさんの死が、あまりに突然で、おまけに寂しい死に方だったせいだろう。おばさんの死後、父がおばさんを悪く言うようなことは一切、なくなっていた。

湯船につかっていた私の目が、ふと四畳半の籐椅子に吸い寄せられた。籐椅子は、風呂場に向かって横向きに置かれていた。

籐椅子に足が見えた。長くて細い、きれいな白い足が一本だけ。足首はテーブルに載っている。あたかも誰かが籐椅子でくつろぎ、のびのびと足を伸ばして、テーブルに載せているかのように。

初めは、怖いとか気味が悪い、といった感覚はなかった。誰の足なのか、どうして胴体がないのに、足だけ見えるのか、そんなことは考えなかった。籐椅子から足が伸びている。それだけのことのように見えた。

右足だったと思う。爪には赤いペディキュアがほどこされていた。指と指の間には、丸めた脱脂綿がはさまれてあった。ふうふう、と爪に息を吹きかける気配がした。

それはどこかで見た光景だった。そう思った途端、私は湯の中で凍りついた。

あれは筆子おばさんの足だ、と私は思った。筆子おばさんが帰ってきた。今、筆子おばさんは籐椅子に座って、足の爪に塗った真っ赤なペディキュアを乾かしている。

おかあさん……と私は声を出した。ひどくうわずっていて、声にならない。茶の間からは、相変わらずテレビの音声が流れてくる。母の笑い声がする。湯呑《ゆの》みを卓袱《ちゃぶ》台《だい》に置く音がする。葡萄棚の向こうのさっちゃんの笑い声も続いている。ふうふう。息の音がした。耳元で聞こえたような気がした。恐怖のあまり、私は動けなくなった。パッキングのゆるんだ蛇口から、水がぽたりと湯船に落ちた。

長い長い間、私はじっとしていた。隣家で、がちゃんと食器が割れる音がした。さっちゃんの母親が、「ほら、ごらん！　ぼやぼやしてるから！」と怒鳴った。小言が続いた。べそをかきながら、言い訳をするさっちゃんの声が聞こえた。

足が消えたのはその時だった。どんなふうにして消えたのかわからない。私の見ている前で消えたのか。それとも、私が無意識に目をつぶってしまったのか。

気がつくと、足は見えなくなっていた。見慣れた籐椅子と丸テーブルが、ひっそりと暗い四畳半にあるだけだった。

茶の間から母が出て来た。風呂場を通り過ぎる時、私に向かって、「ああ、可笑《おか》しかった」と言った。「久しぶりに笑ったわ。湯加減、どう？」

ちょうどいい、と私は言った。母は台所に入って行き、大声で「カルピスでも作ろうか」と言った。うん、と私は答えた。

父にも母にもその話はしなかった。話したら最後、その時こそ、本当に怖くなるような気がしたからだった。

和代が真鶴に引っ越した直後だったか。和代にだけ打ち明けたことがある。

誰に似たのか、徹底して合理的なものの考え方をする和代は、へえ、そう、と言って、けらけら笑った。見間違ったのよ、きっと。籐椅子に、大根か何かが置いてあったのよ。子供はよく、そういうものを見た、って言い張るんだから。うちの舞子だって、時々、庭に干してある洗濯物を見て、おばけがいた、って大騒ぎ。いちいち真面目に取り合ってたら、身がもたない。ただでさえ忙しいのに。

そうね、と私は言い、その話はそれきりになった。最近では、妹との間に、筆子おばさんの思い出話はおろか、亡くなった両親の話も出てこない。

いつのまにか、うとうととしてしまったらしかった。遠くで和代の声がする。

舞子！　何度言ったらわかるの。先にお風呂に入ってきなさい。何時だと思ってるの。舞子が駄々をこねている。おとうさんが帰って来たら、一緒に入る。いいでしょ？

何言ってるの。おとうさんは今夜は遅いの。ぐずぐずしてないで、さっさと入ってきたらどうなのよ。

和代の叱りつける声が、遠くになったり近くになったりして響いてくる。厨房《ちゅうぼう》と茶の間の間を忙しく往復しながら、声を張り上げているらしい。

食器を重ね合わせる音がする。茶の間では、次から次へと大音量で、テレビのコマーシャルが流れている。合間に、スリッパをはいた和代の足音が響く。舞子が、きいきい声で何か言っている。何を言っているのか、聞き取れない。

自分がここに来ていることは玄関の靴を見れば、わかったはずなのに、と私は悲しく思った。玄関の鍵《かぎ》は開いていたのだ。合鍵を持っているのは私だけなのだから、すぐに気づいてくれてもよさそうなものなのに。

仏間で眠ってしまったようだった。風邪をひき、熱が下がったばかりの朝のような、ひどい疲れを感じている。どうしてこんなところで眠ってしまったのか、いくら考えても思い出せない。

廊下を隔てた洗面所と風呂場に電気がついている。風呂場のガラス戸が、湯気で曇っている。ガラス戸の外には、薄桃色のバスマットが敷かれてある。かすかに湯の匂いが漂っている。

何時ころなのか、わからない。八時？　九時？

腕時計を見ればいいものを、身体がひどくだるくて、腕をあげるのもおっくうだ。

火の気のない仏間は寒かった。こんな寒いところで、服のまま、毛布もかけず、倒れこむようにして眠ってしまったなんて、信じられない。

廊下を通って、こちらに近づいてくる足音がした。舞子の足音だ。大声で鼻歌を歌っている。何の歌なのか、はっきりしない。思いつくまま、でたらめのメロディーを口ずさんでいるように聞こえる。

私は思わず微笑んだ。昔の自分に似ている。一人で風呂に入るのが心細いのだ。まして、この家はこんなに広くて古い。きっと舞子は、日々、想像の中で様々なおばけや怪物を生み出しているのだろう。かわいそうに。

一緒に風呂に入ってあげなければ、と私は思った。来るたびに、私は舞子と一緒に風呂に入った。背中を流し合い、冗談を言い合い、湯船の中にタオルを浸して泡を作って遊んだり、湯の中に顔をつけ、どちらが長く我慢していられるか、競争したりした。

でも、今ここで、私が起き上がったら、舞子はさぞかしびっくりするに違いなかった。どうやら、和代も舞子も私がここに来ていることに、まるで気づいていないらしい。そんな時に、仏間からのっそり出て行ったりしたら、驚きのあまり、舞子は腰を抜かしてしまうかもしれない。

舞子が廊下で慌ただしく服を脱ぎ、風呂場に入って行く気配があった。風呂場の戸は開けたままだ。ざあざあと湯を流す音がした。おかしな鼻歌が途切れ、湯の音しか聞こえなくなった。

畳の上に、私の足が伸びているのが見える。つるつるしてはいるが、静脈の浮き上がった骨ばった足だ。

東京を出る時、確かストッキングをはいてきたはずなのに、どういうわけか素足である。どこでストッキングを脱いだのか、思い出そうとするのだが、どうしても思い出せない。

ふいに私は、沈みこむようないやな気持ちになった。

舞子はろくに身体を洗わず、湯船に飛び込んだようだった。舞子を呼びたかった。和代を呼びたかった。だが、どうしても声が出ない。舞子や和代を呼びつけて、何を言おうとしているのかも、わからない。

足の爪に塗った、薄いピンク色のペディキュアが剝《は》げかけている。東京に戻ったら、すぐ塗り直さなくちゃ、と私は思った。浜田がこんなものを見たら、いやな顔をするに決まっている。

浜田は足の手入れが行き届いている女が好きだった。一緒にテレビを見ていても、ドラマや映画で、足のきれいな女優が出てくると、したり顔をして、合格、と言う。

いくら美人でも、若くても、足の手入れが悪い女は品性が下劣だ、というのが浜田の持論だった。だから、浜田とつきあい始めて以来、私も足の手入れだけは怠ったことがない。

風呂場《ふろば》が急に静かになった。開け放された風呂場から、湯気が廊下伝いに漂ってきて、私の足にまとわりついた。

沈みこむような気持ちがひどくなった。切ないような、悲しいような、二度と取り返しのつかないような……。

「おかあさん」風呂場で舞子が和代を呼んだ。ぽちゃり、と湯の音がした。「おかあさん、ちょっと来て」

恐怖に満ちた、それでいて抑揚のない、子供のものとは思えない、もの静かな言い方だった。

茶の間のテレビでは、男のアナウンサーが大声でニュースを読み上げている。はきはきした声だが、全体がくぐもって聞こえるために、何のニュースなのかわからない。

厨房で水を使う音がする。食器の音がする。スリッパで歩き回る音がする。和代は来ない。

ゴン太が庭で短く吠《ほ》えた。ぽちゃり、とまた、湯の音がした。

沈みこむ気持ちが強まって、いたたまれなくなった。畳に伸ばした足を引っ込めようとするのだが、動かない。剝げかけたピンク色のペディキュアに風呂場の明りが映っている。

私は目だけ動かして、部屋の隅にある仏壇を見上げた。何故、そんなことをしているのか、自分でもわからない。なのに、そうしなければならない、という義務感のようなものにせきたてられる。

細長い、黒白の幾何学模様の入った仏壇の扉は開いていた。中に四つの位牌《いはい》が見える。父と母、筆子おばさん。もう一つは誰の位牌だろう。まだ真新しい。

あれは私の？

そう思った途端、ざぶん、と大きな湯の音がし、舞子がけたたましい悲鳴と共に湯船から飛び出して、泣きながら廊下の向こうに走り去って行く気配があった。

ディオリッシモ

咲田悠子《さきたゆうこ》が目を覚ました時、医務室の保健婦は白衣を脱いで、ロッカーから青いサマージャケットを取り出しているところだった。

「あの……」悠子が身体を動かすと、保健婦は振り返ってほっとしたように微笑した。

「お目覚め？」

「どうしちゃったのかしら、私」

「軽い貧血。夏の疲れね」

「貧血？」

「そう、貧血。でも、大騒ぎでしたよ。いきなり、社員食堂で倒れたんだから」

「変ね。覚えてないわ……」悠子はベッドの上に上半身を起こし、乱れた髪の毛を片手で直した。「頭がどうかしたのかしら。今、何時ですか」

「六時三十五分」と、保健婦は悠子のハイヒールをベッドの下に揃え、さっさと白い夏掛けの布団をたたみ始めた。「きっかり六時間眠ったから、もう大丈夫」

「ごめんなさい。先生も、もうお帰りの時間だったんですね。起こしてくだされぱよかったのに」

「いいんですよ」と保健婦は、ちっともよくないような口振りで言った。「貧血の時は途中で起こさないほうがいいんだから」

「ほんとうにごめんなさい。じゃ、私、これで……」

「また、具合が悪くなったらいつでもいらっしゃい」

悠子は礼を言って医務室を出た。まだ少し、頭がくらくらした。寝ていた時、よほど汗をかいたのか、全身がべとべとしている。

ロッカーから麻のジャケットを取り出し、ショルダーバッグを持って従業員専用の化粧室へ行った。三人の女子社員が一斉に悠子を振り返った。

「チーフ。大丈夫ですかあ」

彼女たちがつける香水とおしろいの匂いが鼻について、胸がむかむかしたが、悠子は微笑を返した。

「大丈夫よ」

「びっくりしちゃった。棒のようになって倒れるんですもの」

棒のように？　悠子はいやな気持ちになった。何故、覚えていないのだろう。

「突然なんですよ。食堂のトレイを持った途端、バターンって。大騒ぎしたんですから」

悠子は力なく笑って水道の蛇口をひねった。女の子たちは化粧の手を休めて、じっと悠子を見ていた。

「なんだか、身体中、汗でべとべと。これから渋谷で夕食会なの。臭いって思われるわね」

「大変ですね、忙しくて。あ、これ、今、私たちがつけたとこなんだけど、ディオリッシモをつけませんか。軽い匂いでいいですよ」

ひとりが、悠子の答えも聞かず、小さな香水瓶から二滴ほど香水を指に取った。

「兄夫婦がパリに行った時のおみやげなんです。こっちでは高くてなかなか買う気になりませんよね。耳の下に塗りましょうか」

よく手入れされた柔らかな指が悠子の両耳の下を撫《な》でた。きつい匂いが鼻腔《びこう》を通り、胸のどこかを刺激しながら通り過ぎた。悠子は「ありがとう」と言った。

勢いよく出した水で手を洗い、夏用のコンパクトファンデーションを取り出して顔を覗《のぞ》いた。

三十七歳。大手百貨店が私鉄沿線の高級住宅地に進出して、専門店ばかりを集めた新しい形のショッピングセンターを開業した折、本店から統括マネージャーとして抜擢《ばってき》された。給料は驚くほどいい。学生時代に知り合った今の夫と成城《せいじょう》の３ＬＤＫのマンションに住み、最近、伊豆《いず》に小さいながらも温泉付きの別荘を買った。

それにしては、コンパクトの中の鏡に映る自分の顔は、疲れた老女のようだ、と彼女は思った。

目の下にいくつかしみがある。何度かスポンジを使ってファンデーションを重ね塗りしてみた。が、しみは隠れるどころか、ひび割れのようになって浮き上がってきた。彼女は軽く舌打ちして、コンパクトを閉じた。

化粧室を出る時、女の子たちに「じゃあ」と声をかけた。彼女たちは口々に「お疲れさま」と答えた。お疲れさま。本当にその通りだった。働き過ぎて、自分の記憶にないところで突然、貧血を起こした女。まったくお疲れさま、だ。

彼女は通用口に向かって歩きながら、頭を振った。まだ三十七歳。男の同僚も羨《うらや》む出世を果すこともできた。子供がいないせいか、夫とも友達同士のような睦《むつ》まじい関係が続いている。それなのに、最近、時々ひどく陰鬱《いんうつ》な気分に陥ることがある。今朝もそうだった。ずっとその気分から逃れられなかった。そのあげくに倒れたのだ。

仕事で格別にいやなことはない。部下に自分より年下の男たちもいるが、彼らともおおむねうまくいっている。尊敬されてはいないが、少なくとも煙たがられることはないし、自分の悪口が耳に入ってくることもなかった。

なのに、どうして。何が不満だというのだろう……と悠子はまだ暮れきらない真夏の薄墨色の街を歩きながら思った。休日の夜、風呂《ふろ》あがりにビールを飲みながら夫に相談してみたこともある。が、一笑に付されてしまった。

「君が恵まれ過ぎてるからだよ。ぜいたくな悩みだ」

夫でなくても同じことを言っただろう。ぜいたくな悩み、幸せな悩み……であると。

私鉄の駅が見えた。ここから冷房のきいていない蒸し暑い電車に乗って三十分。本店の役員たちが自分を待っている渋谷のレストランに出かけると思うとうんざりした。ことさら仕事の話があるわけではない。月に一度、馬鹿げたほど格式ばったフランス料理店で、役員諸氏と懇談するだけ。これまで女っ気がなかったので、悠子は必ず招かれた。ていのいいホステス役なのである。

行きたくない、と彼女は思った。行ったらまた、棒のようになって倒れてしまうような気がした。風が吹いてきて、髪の毛が揺れた。ディオリッシモの香りがボブカットにしたさらさらの髪の束と共に、鼻先をくすぐった。

全身が熱っぽかった。なのに手の平だけが冷え冷えとしている。彼女は冷たい手を額に押し当てた。

子供のころはよく熱を出した。今から思うとあまり身体が強くなかったらしい。学校も月に二度は必ず休んだ。

父が勤めに出かけ、弟も学校に行ってしまうと、家の中で母とふたりきりになる。母はよく働いた。朝食の食器を洗うと、次に風呂場に行って洗濯を始める。狭い小さな家だったので、洗濯石鹸《せっけん》の匂いが悠子の寝ている部屋にまで漂ってきたものだ。熱でむかむかする胸が、石鹸の淡い香りを嗅《か》ぐとすーっとした。

洗い上がった洗濯物を抱えて、母は縁側から庭に降りる。悠子は布団の中からそれを眺める。庭の土の匂いが入ってくる。蠅《はえ》がかすかな唸《うな》り声をあげて飛び交う。飼い犬の雑種デコが、いったいどうしたの？　とでも言いたげな表情で縁先に丸い手を置き、悠子に向かって尾を振る。

「デコ」と悠子は呼んでやる。「悠子、また熱出しちゃった」

デコはいっそう強く尾を振り、きれいなピンク色の舌を出す。

「デコはいいねえ」と母が洗い上げた弟のパンツを片手に歌うように言う。「元気だね、デコは。病気ひとつしたことがない」

自分の名を呼ばれたデコは、今度は母にまとわりつく。サルビアの花のまわりを飛んでいた蜜蜂《みつばち》が、犬の動きに驚いて飛び去る。

隣の家の庭から、さっちゃんのお母さんが顔を出す。さっちゃんは悠子のひとつ下の女の子。よくふたりでカタツムリやタニシを採りに野山を駆け回ったものだ。

「あらあら、悠子ちゃんはお休みなの？」おばさんが部屋を覗きこみながら言うと、母は苦笑する。

「そうなのよ。また熱を出したの」

「夏の風邪は長いからねえ。気をつけないと。そうだ、悠子ちゃん。おばさんがとっておきのシロップを作ってあげようか」

三十分もしないうちに、水飴《みずあめ》に大根おろしをまぜたシロップを持って、おばさんはやって来る。「お大事にね、悠子ちゃん」と、玄関先で声がする。デコが吠《ほ》える。母がデコを叱りつけながら、シロップと冷やした番茶を持って枕元に座る。母のエプロンからは、うっすらとネギの匂いがしている。悠子は必要以上に大儀そうに身体を起こし、シロップと番茶を交互に飲む。デコが羨ましそうにそれを見ている。

あんまりシロップがまずいので、「ねえ、デコにあげようか」と言うと、母は苦笑し、彼女の残したシロップをひと飲みに飲み干してしまう……。

……気がつくと、悠子は電車の中にいた。昔のことを思い出しているうちに、いつの間にか電車に乗ってしまったらしい。少し汗をかいている。彼女は額に浮かんだ汗を指で拭《ぬぐ》った。

子供のころは幸せだった。誰でもがそうなのだろうか。いや、違う。不幸な幼年時代を過ごした人は大勢知っている。自分がたまたま、幸せだったに過ぎない。

あの郊外の小さな街。まだ田んぼがあり、近くを流れる小川ではタニシが採れた時代。氏神様《うじがみ》を祀《まつ》る神社で、夏には決まって祭りが行われた。勤めから帰った父にねだって、よく連れて行ってもらったものだ。煙草の形をした薄荷《はっか》パイプを音をたてて吸いながら、弟と金魚すくいをする。弟も悠子も不器用で、いつも二匹くらいしかすくえなかった。露店のおじさんが気の毒そうな顔をし、一匹おまけしてくれたりした。

ある夏、驚くほどたくさんの金魚がとれたことがあった。弟が欲しがっていたデメキンも三匹混じっていた。神社からの帰り道、父は金物屋で立派な金魚鉢を買ってくれた。だが、その翌日、金魚は一匹残らず白い腹を見せて死んでいた。弟は泣き、学校に行きたくない、とだだをこねて母親を困らせた。その夜、父は帰宅途中、街道で脇見運転のトラックにはねられて死んだ。弟が八歳、悠子が十一歳の夏だった。

弟のユキヒロはどうしているんだろう、と悠子は考えた。十八歳の時、母親とけんかしてぷいと家を出てから一度も帰ってきたことがない。元気に暮らしていることはたまにくる葉書でわかっていたが、何をしているのか、誰と一緒にいるのか、まるで見当がつかなかった。母は弟のことを心配しながら、八年前、心臓を悪くして死んだ。葬式に顔を見せた弟の傍らには、栗色の髪をした三歳くらいの女の子と見事な金髪の若い女性が寄り添っていた。弟は母の納骨をすませると、家族でアメリカに渡った。以後、音信はない。

電車の窓の外は暗くなっていた。夜風がひんやりして心地よい。悠子は深呼吸をし、我に返った。馬鹿ね、あたしったら、と彼女は思った。どうして今頃になって、昔のことばかり思い出すんだろう。本当に疲れているのかもしれない。少し、休暇でもとってのんびりしなくては。

ふっと自嘲《じちょう》気味に笑い、前髪をかき上げて周囲を見たその時。悠子は説明しがたい違和感を覚えて髪に当てた手の動きを止めた。

何かがおかしかった。電車はいつもの通り、規則正しい音を響かせながら走っている。乗客もいつも通り、おとなしく座席につき、雑誌を読んだり、居眠りをしたりしている。どこといって変わったところはない。

なのに何かがおかしかった。悠子は窓の外を見た。町の明かりが夜のとばりの中にぼうっとかすんで見えた。その風景が渋谷に向かう電車の車窓とは違うことに気づくまで、長くはかからなかった。

彼女は反射的に「いけない！」と声をあげた。隣に座っていた制服姿の女子中学生の目と悠子の目が合った。

悠子は照れ笑いをし、「この電車、渋谷行きじゃないんでしょう？」と少女に聞いた。古めかしいセーラー服をきちんと着込んだ少女は、一瞬、怪訝《けげん》そうな顔をした。

「シブヤ？」

「ええ。渋谷に行くはずだったのに、間違って逆方向の電車に乗ってしまったみたい」

悠子は笑った。もしかするとこれを理由にして、夕食会を断ることができるかもしれない。

「次の駅はどこかしら」

少女はもう一度、怪訝な顔をした。

「終点まで止まりませんけど」

「え？」

少女はにっこりと微笑んだ。手にしたピンク色のケースに入ったそろばんが、カタカタと音をたてた。

「あのう」と、悠子はそのそろばんを眺めながら、おずおずと聞いた。「この電車、田園《でんえん》都市線じゃないの？」

「違います」

「じゃあ、何……」

少女は恥じらうように頬を赤く染めた。

「もうすぐ終点です。終点でお降りになれば、わかります」

電車は速度を緩め始めた。いつものような少しうるさいほどの車内アナウンスも何もない。悠子は目を大きく開けて窓の外を窺《うかが》った。

いくつかの畑や田んぼが見えた。裸電球が道の角にぽつりと光っている。見覚えのない、まったく見覚えのない風景。窓からしのびこんでくる空気は、日なたと土の匂いを含んでいる。夏の匂い。都会の匂いではない。今まで久しく嗅いだこともなかったような匂い。

悠子は自分がただならぬ状況にはまりこんでしまったことを初めて理解した。オフィスを出て、子供のころを思い出していた時間は、ほんの五、六分、長くても十分ほどに過ぎない。その間にぼんやりして、逆方向の電車に乗ってしまったことは考えられるが、だとしたら、駅に着くたびに車内に流れるアナウンスでもっと早く気づいただろう。眠っていたわけではない。考え事をしていただけなのだ。なのに、どうして、いつの間にかこんな、見知らぬ土地へ来てしまったのだろう。

悠子はわけがわからなくなって身震いした。電車はホームに滑りこんで、ゆっくりと停車した。乗客がドアから降りて行く。隣の席にいた少女はいつのまにかいなくなっていた。キツネにつままれた思いで悠子は席を立った。隣の車両から降りてホームを歩いて行くひとりの男と目が合った。悠子は心臓に杭《くい》を打ちこまれたようになって、吊革《つりかわ》にしがみついた。

「父さん……」

父は悠子を見ても別に驚くことなく、軽い足取りでホームを横切って行った。昔、通勤の時にいつも着ていた灰色の背広。手には半分に切ったスイカをぶら下げている。

「父さん！」悠子は叫んで駆け出した。だが、父は振り返らなかった。

改札口で駅員がひとり、眠そうな目をして人々の差し出す切符を受け取っている。誰もいない木造の待合室では、ブタの形をした瀬戸物の蚊取り線香器が細長い煙を上げていた。切符も持っていないことに気づいて悠子が立ち止まると、駅員は無表情な顔で「どうぞ」

と言った。彼女は言われた通り、切符なしで外に出た。彼女が通り過ぎると、駅員はすぐに改札口を閉めた。

駅の外には、だだっ広い未舗装の道路が左右に伸びていた。街灯の裸電球のまわりに、無数の虫が集まっている。その駅で降りた人々は、左右に散り、あっという間に見えなくなってしまった。

悠子は父の後ろを五十メートルほど離れて歩いた。静かな田舎道だった。途中で父は背広のポケットから煙草を取り出し、立ち止まって火をつけた。鼻唄《はなうた》が聞こえてくる。父が愛唱していた「からたちの花」だ。

からたちの　花が　咲いたよ
白い　白い　花が　咲いたよ

からたちの　そばで　泣いたよ
みんなみんな　やさしかったよ

二十六年前の夏の夜、父の遺影の前で弟と焼香した時のことが思い出された。遠くで雷鳴が聞こえていた。さっちゃんのおばさんが悠子に「からたちの花をお父さんのために歌ってあげなさい」と言った。悠子は泣けてきて最後まで歌えなかった。通夜に参列した近所の人、皆が泣いた。

父は星空に向かって煙草の煙を吐き、スイカをぶらぶらと前後に振りながら、雑貨店の角を曲がって車の通る街道を渡った。悠子は雑貨店を覗《のぞ》いた。三毛猫を抱いた老女のトメさんがいた。昔、弟とよく買いに来たニッキ飴《あめ》の匂いがした。

あまり長く店の前に立っていたため、トメさんが悠子に声をかけた。

「夜になるとしのぎやすいですねえ」

嗄《しわが》れ声は二十六年前と同じだった。悠子は涙をためながら「トメさん」と言った。「あたしよ。久しぶりね」

トメさんは狼狽《ろうばい》したような顔をし、次に首を振った。「存じませんが、どちらさんで?」

「悠子です。咲田悠子です」

「やだね、人をからかったりして」と、トメさんは顔をこわばらせた。「咲田さんちの悠子ちゃんはまだ十一歳だよ」

三毛猫がトメさんの腕の中で暴れた。トメさんは何か気味の悪いものでも見たような目をして、さっさと奥に引っこんでしまった。

悠子は涙を拭《ぬぐ》うと、歩き出した。もう、父の後をついて行かなくてもよかった。すべて、もうわかっていた。父が目指している小さな木造の家。いくつかの曲がり角。その向こうに見える氏神様の社《やしろ》。畑の堆積場《たいせき》。もう、目をつぶっていても歩いていける。

懐かしい家が見えてきた。隣のさっちゃんの家とまったく同じ造りの古ぼけた借家。アサガオの蔓《つる》がからみついている竹の垣根。巨大な鉛筆の形をしたトイレの脱臭塔。窓という窓には皓々《こうこう》と明かりがついていて、すだれ越しに人影も見える。

父はスイカを揺らしながら、竹の垣根の間を通り、玄関の引き戸の前に立った。悠子は息をひそめて、電柱の蔭《かげ》から様子を見守った。

「お帰りなさい」と声がして引き戸が開いた。母さんだ。母さんの姿が見える。いつもの白い、ネギの匂いのするエプロンをつけて。

「スイカ、買ってきたぞ。安かった」

「わーい」と、少年の声。ユキヒロ。あの時のままのユキヒロだ。灰色の半ズボンに綿の白い袖《そで》なしシャツを着て、丸坊主の頭をした弟。

悠子は嗚咽《おえつ》をこらえた。何故だか知らないが、声をかけてはならない、と思われた。こんなに近くに自分の二十六年前の幸せを見つけても、決して、声をかけてはならないのだ、と自分に言い聞かせた。

「悠子はどうした」

「デコの散歩だ、って出かけましたよ。途中で会いませんでした？」

「会わなかったよ。また、小川のほうまで行ったんだろう」

「父さん。スイカ、食べてもいい？」

「悠子が帰ってきてからにしなさい」

「はーい」

「ああ、今日も暑かったな。ビールでも飲むか」

「じゃあ、お食事は後にします？」

「そうしよう。まずビール。おっ、枝豆もあるのか」

「ええ。悠子とユキヒロに半分以上食べられてしまったけど。トメさんのところに来る農家のおばさんが安く分けてくれたの。おいしかったわ。ね、ユキヒロ」

「もっと食べたいな」

「何言ってるの。お腹こわしますよ」

庭のヤツデやアオキの木々の向こうに、茶の間が見えた。使わなくなった皿の上で蚊取り線香がくすぶっている。畳の上に転がるうちわ、父が手にしているグラス、薄い水色のカバーがかかった座布団、そのすべてに悠子は記憶があった。

遠くで足音がした。ハッ、ハッという犬の息づかい。悠子は振り返るのが怖かった。あれは自分なのだ。二十六年前の自分。十一歳の自分と出会って、いったいどんな顔をしたらいいのだろう。

足音はあっという間に近づき、悠子が立っている電柱の前に来て止まった。悠子は見た。

そこに立っている、紛れもない十一歳のころの自分の姿を。

十一歳の咲田悠子は、警戒するようなまなざしを悠子に向けた。デコが唸《うな》り声をあげ始めた。少女は中腰になって犬の背中を両手で抱き、犬に助けを乞《こ》うているような仕草をした。着ている黄色の水玉模様のスカートがふわりと地面についた。

あふれてくる涙をおさえながら、悠子は静かに言った。「怖がらないでいいのよ」

「うちに何かご用?」少女はびっくりするほど大人びた口調で切り返した。昔の自分の声だった。生意気で、早口の、六年四組咲田悠子。

ううん、用はないの、と悠子は言った。「ただ、ちょっと懐かしくて」

少女は黙って悠子を見ていた。犬の目と少女の目、合わせて四つの光が悠子を包んだ。

「デコ」と、悠子はたまらなくなって犬の名を呼んだ。犬は垂れた耳をほんの少し傾けて、必死になって悠子の声を聞き分けようとした。

「どうしてデコを知ってるの?」

「昔、うちにも同じ犬がいたの。やっぱりデコっていう名前だったから」

デコは突然、何かを思い出したかのように低く、しかし、親愛の情をこめて唸り、ゆっくりと尾を振り出した。悠子は涙で曇る目を手の甲で拭うと、デコに手を差し出した。犬の暖かい舌が悠子の手をやさしく舐《な》めた。犬の目はうるんでいた。

「悠子。そんなとこで何してんの」

縁側に黒いシルエットが立った。悠子ははっとして手を引っこめた。少女は母親に答えるでなく、かと言って走り出すでなく、同じ姿勢のままそこに立っていた。

「悠子ったら。父さんが甘いスイカを買ってきたのよ。一緒に食べよう」

それでも少女が黙っていると、縁側の黒いシルエットは奥に消えた。大きなカナブンが飛んできて、電柱に当たる音がした。悠子はそっと後ずさりした。

少女が聞いた。「ねえ、おばさんは誰？」

「おばさんは……」と言って、悠子は唇を歪《ゆが》めた。「未来のあなたなのだ」とはとても言えなかった。

「ちょっと通りかかったの。怖がらせちゃってごめんね。昔、ずっと昔、おばさん、このへんに住んでたもんだから。つい……」

「住んでたの？　そうなの」

少女は初めて笑顔を見せた。涼しい風が吹いてきて、家の軒先で風鈴が鳴った。

「いいとこね、このへんは」

「いいところよ。おばさん、この向こうの川でタニシ採りをしたことある？」

「あるわ」と悠子は言った。「たくさん採って、隣に住んでたお友達とどれだけ採れたか競争したわ」

「あたしとおんなじ」と、少女は顔を輝かせた。「さっちゃん、っていうんだけど、いつもタニシ採りの競争をするの。ほら、あそこのうちの子よ」

少女の指さす方向を見て、悠子は大きくうなずいた。縁側に再び、シルエットが浮かんだ。

「何してんの。悠子。みんな待ってるのよ。早く帰ってきなさい」

はーい、と少女は言い、デコの鎖を引いた。デコは足を踏んばって、鎖に引かれまいとした。少女はさらに強く鎖を引いた。

「もう行かなくちゃ。さよなら、おばさん。明日の夜は氏神様のお祭りよ。おばさんも来る？」

「行きたいけど、もう戻らなくちゃならないの」

「そう。残念ね。楽しいのよ。いつも父さんが連れてってくれるの」

「よかったわね。じゃ、さよなら。悠子ちゃん。元気でね」

「さよなら」

デコが大きく吠《ほ》えた。悠子は曇る目で少女と犬が消えた庭のほうを見た。茶の間から皿の触れ合う音が聞こえてきた。

父さん……と彼女はつぶやいた。これまで経験したことのないような深い嗚咽が喉《のど》にこみ上げてきた。明後日《あさって》、父さんは死ぬのよ。お祭りですくった金魚が全部、死んだ日に、父さんは死んでしまうのよ。

弟と母と父と、弟の笑い声がした。また風鈴がちりんと鳴った。母の笑い声も重なった。そして昔の自分の笑い声が風に乗って畑の向こうに流れていった。

不意に眩暈《めまい》を覚えて、悠子は目を閉じた。身体がぐるぐると回り、地の底に吸い込まれて行くような感じがした。彼女は電柱につかまって身体を支えた。風鈴が鳴り、夜風にヤツデの葉がさわさわと騒いだ。笑い声は依然として続いている。幸せな音。幸せな匂い。私がもっとも幸せだったこの時期。

悠子は空を見上げ、幾千幾万と瞬く星に向かって慟哭《どうこく》の呻《うめ》き声をあげた。自分の声が耳元で反響し、うねり、次第に音量を増した。父や母や弟や、かつての自分の笑い声が遠のいていく。風の音も、スイカが載った皿とスプーンのかち合う音も、デコの吠える声も、その何もかも、あらゆる世界の音が遠のいていき、そして……。

「悠子。悠子」

身体が揺すられた。うっすらと目を開けるが、ぼんやりしていて何も見えない。

「悠子ったら。いったいどうしたっていうの！」

目に光が飛びこんできた。軽い吐き気が襲ってくる。彼女は目を閉じ、深呼吸した。心臓が蠕動《ぜんどう》運動しているのかと思われるほど胸が苦しい。

身体が無理矢理起こされ、誰かが両の肩をきつくつかんだ。「悠子！　しっかり目を覚まして！」

「先生に来てもらったほうがいいんじゃないか」と別の声。「ただの熱冷ましだなんて言って。睡眠薬か何かと間違ったんだ」

「いったいどうしたんだろう。いくらなんでも、もう目を覚ましてもいいはずなのに」

悠子はもう一度、目を開けた。ぼんやりとした視界の中に父と母が自分を覗《のぞ》きこんでいる顔が見えた。父と母。その向こうに落ち着きを失ったようなユキヒロの顔。風鈴が鳴っている。遠くから、ヘリコプターが飛ぶ音が聞こえる。蚊取り線香の匂いがしみついた部屋のレースのカーテンが、窓からの風に乗って大きく舞い上がる。

悠子は飛び起きた。

「どうしたの？　怖い夢を見たの？」

母が悠子を抱いた。「馬鹿だよ、この子は。親を心配させて。夢を見ながら丸一日、熟睡してただけなのよ。あの先生が薬を間違うはずがないもの」

「やれやれ」と父の笑い声。「人騒がせだよ、悠子は。おかげで父さんもユキヒロも遅刻だ」

「でも、熱が下がってよかった。ほら、すっかり下がってる」

父が悠子の額に手を当てた。「よーし。今夜のお祭りに行けるかもしれないな」

祭りと聞いて悠子はしがみついていた母の身体から離れた。「だめ！　父さん！　お祭りに行ったらだめ」

「え？　どうして」

「金魚がたくさんとれて、明日の朝になると全部死んじゃうのよ。そしたらその夜、父さんは死ぬのよ」

「何言ってるの、この子は。よっぽど怖い夢を見たのね」

「夢じゃない。夢なんかじゃない」と悠子は泣きじゃくった。「あたし、戻ってきたのよ。母さん、わかって。あたし三十七歳まで生きてまた戻ってきたのよ。結婚してて、デパートに勤めてて、偉くなってるのよ。父さんも母さんも死んでて、ユキヒロはアメリカに行ってて、あたし、ひとりで電車に乗ったら、ここに来てしまったのよ。でも誰もあたしのこと知らないで、トメさんも知らんぷりで……」

ははは……と父も母も同時に笑った。「悠子が三十七歳のおばさんになった時には、父さんも母さんも年とって死んでるさ。当たり前の夢を見たんだよ、悠子は」

ちがう、ちがう……と声にならない声をあげながら悠子は泣きじゃくった。だが、父は時計を覗くと、大慌てで灰色の背広を小脇に抱えた。

「さあ、遅刻、遅刻。ユキヒロも父さんと一緒に出よう。先生に怒られるぞ」

「夜はお祭りだよ。ねえちゃんと行くんだよ」

「わかった、わかった。金魚をいっぱいとろうな」

母が弟にランドセルを背負わせ、ふたりを玄関まで見送った。デコが庭で軽く吠えた。

家の前の砂利道を通り過ぎ、畑道を出て行くふたりの足音がはっきりと聞き取れた。部屋のカーテンが、乾いた土の匂いをはらんだ風で大きく揺れた。

母が部屋に戻ってきて、微笑みながら悠子の前髪をかき上げた。母は「おや？」とその手を止めた。

「なんなの。この香水みたいないい匂い」

悠子は涙をためたまま黙っていた。母は鼻孔をふくらませ、「オシロイバナをつけたの？　悠子」と聞いた。

「オシロイバナなんかじゃない」

「じゃ何？　母さんのスズラン香水の匂いでもないし……」

「ディオリッシモ」と悠子は答えた。「ディオリッシモよ、母さん。あたし、会社の食堂で倒れて、そして若い女の人がこの匂いをつけてくれたのよ」

母は怪訝《けげん》な顔をし、「変だよ、この子は」とつぶやいて台所に立ち去って行った。

災厄の犬

1

右手の甲に、いきなり焼けるような痛みが走った。小野寺貢《おのでらみつぐ》は、はっとして手をひっこめた。

みるみるうちに血が浮き出てきた。傷は甲から手首にかけて、さながら定規で引いた赤い線のように真っ直ぐに伸びている。

顔をしかめ、舌打ちをし、取り出そうとしていたペット用のケージを睨《にら》みつけた。底の簀子《すのこ》の部分に、後処理されていない錆《さ》びた釘《くぎ》が一本、突き出ているのが見えた。

可愛がっていた柴犬のロンがまだ生きていたころ、半年の約束で、妻の友人が飼っているアビシニアン猫を預かったことがある。ケージは、その猫が使っていたものだった。

当初、ケージの底の部分には素っ気ないブリキの板が敷かれていただけだった。木のほうが足ざわりがいいかもしれない、と提案したのは妻ではなく、彼のほうだった。犬のことなら、トイレのしつけから引き綱の選び方にいたるまで、なんでもござれの専門家だったが、猫のことはよくわからなかった。わからない動物を預かった限りは、人間なみのサービスをしてやるのが礼儀だろう、と思っただけだった。

日曜日を半日つぶし、ケージの底に簀子を張ってやった。あの時、打ち損ねた釘があったのかもしれない……彼はそう考えた。少なくとも、そう考える努力をした。さもないと、この場でただちに家に引き返し、ロンの代わりに居間でいぎたなく眠っている、あのくそいまいましい呪われた犬を殴り殺してしまいかねない。

おまえがやったんだろう、おまえがケージの底に、ありもしない釘を出現させたんだろう……そう怒鳴りまくって、犬の腹を蹴《け》り上げている自分が目に見えるようだった。

彼は奥歯を嚙《か》みしめ、深呼吸をした。物置の埃《ほこり》臭い空気が肺の中を一巡していった。

室内で人間と一緒に暮らしていたロンは、情け深い性格の犬だった。猫に向かって歯を剝《む》いたり、苛《いじ》めたりすることは一切なかった。猫もそのことに気づいてくれたのか、一ヶ月もたたないうちに、猫とロンの関係はあたりさわりのないものになった。半年たって、飼い主が猫を引き取りに来た時、ロンに身体をすり寄せている猫を見て仰天し、嬉《うれ》しそうにカメラにおさめていったほどだ。今もその時の微笑ましい写真が、アルバムに貼られてある。

そう。あのころは今と違い、何もかもが、うまくいっていた。トラブルの芽は、摘もうと思えば、すぐに摘み取ることができた。解決のつかない問題を抱えこんだことなど、一度もなかったのだ。

浮き出た血があふれ、腕を伝って流れ落ちそうになった。彼は唇を傷口に這《は》わせ、舌先で血を舐《な》め取った。生臭い錆びた味がし、一瞬、胸がむかついた。

ケージを取り出す作業をいったん中止し、裏庭を横切って勝手口から家に入った。台所の流しで傷口を洗い、それでもあふれてくる血をペーパータオルで拭《ぬぐ》い、しっかりとおさえつけた。

台所の壁に掛かっているミッキーマウスのついた丸時計を見る。十二時半。青山のファミリーホールで行われる娘たちのピアノの発表会は一時からだ。終了予定は午後三時。それから生徒の父兄もまじえた簡単なティーパーティーがあるそうで、妻たちが家に戻るのは、どう早く見積もっても五時過ぎになる。帰りに駅前のスーパーに寄って、夕食の惣菜《そうざい》を買ったりすれば、さらに遅れるのは目に見えており、そうなればなおさらのこと、都合がいい。

熱が出たなんて、言い訳でしょ……出かけるまぎわになって、妻の亜紀子《あきこ》は冷ややかに言い放った。来てくださらなくて結構よ、子供たちの面倒は私が見ます。

どういう意味だ、と彼が問うと、妻は曇ったまなざしを向け、「別に」と言った。娘たちは、それぞれこの日のために、めかしこんでいた。亜紀子は娘たちの胸に飾ったブローチやブーケの位置を、その必要もないのに直し、「それじゃ」と言って背を向けた。

次女の真美《まみ》は「バイバイ、パパ」と言ったが、父親が発表会に来てくれないことに、説明のつかない不満を感じていたのか、長女の美香《みか》は露骨に彼を無視した。彼のほうでも、娘を無視した。

娘にかまっている余裕はなかった。この日を逃したら、犬を捨てに行くチャンスは永久に訪れそうになかった。会社勤めをしている限り、ウィークデイの昼間に行動を起こすことはどう考えても不可能である。かといって、週末はいつも子供たちが傍《そば》にいた。子供たちが寝静まった深夜、犬を車に運びこもうとすれば、間違いなく妻に気づかれてしまう。日曜日で、しかも妻子そろって外出してくれるチャンスがあるとしたら、この日しかなかった。彼はこの日が来るのを待っていた。どれだけ待ち続けていたか、わからない。

傷口をおさえつけていたペーパータオルをはぎ取った。かろうじて、血は止まったようだった。彼は血のついたペーパーを丸めて生ゴミ入れに放りこみ、そっと居間を窺《うかが》った。犬はソファーの上に寝そべっていた。亜紀子が犬のために、骨のアップリケを縫いつけた大きなクッションを作ってやったのだが、それがいたく気にいったのか、今も満足げに腹の下に敷いている。娘たちがせっせと風呂《ふろ》にいれてやっているせいで、毛並みは悪くなかったが、遠くから見ると光沢のないクリーム色の毛は、相変わらず彼に脂じみた白いなめし革を連想させた。

気配を察したのか、犬がひょいと顔を上げた。うつろな目が彼をとらえた。口もとに薄笑いのようなものが浮かんだ。歯並びが悪いせいか。あるいはもともと、そういう構造の口なのか。ぼんやりと阿呆《あほう》のように開かれたままになっている口から、尖《とが》った黄色い犬歯が覗《のぞ》いて見える。

大きな欠伸《あくび》をし、犬はクッションの上に不器用に座り直して、後ろ足で首輪のあたりを掻《か》き始めた。青い革製の首輪につけられた真鍮《しんちゅう》の飾りボタンが、がちゃがちゃと騒々しい音をたてた。

あの首輪もはずさなくちゃならんな、と貢は思った。首輪には、雨に濡《ぬ》れても消えないように細工された迷子札がついている。「小野寺バブル」と記された犬の名とともに、この家の電話番号まで明示されている。そんな迷子札をつけたまま、犬を捨てるわけにはいかなかった。どこかの動物博愛主義者がこの犬を保護し、迷子札を頼りに連絡してこないとも限らない。

貢は傷口からの出血が止まったことをもう一度、確かめてから、再び外に出た。物置に入り、底に突き出た釘に注意しながら、ケージを抱える。フェンスの外を近所の人間が歩いていないことを確認し、大急ぎで玄関脇のガレージの中に運びこんだ。

梅雨が始まったばかりで、ひどく蒸し暑かった。彼はガレージの壁に背をもたせかけたまま、首すじに流れる汗を拭った。さっきから、向かいの家で赤ん坊が泣いている。泣き声の合間に、ちりん、とかすかに風鈴の音がまじる。空気が淀《よど》んでいるような感じがするのだが、風がないわけではないらしい。

行ってきまーす、と大声で叫ぶ男の子の声がし、いきなり、隣の家の玄関ドアから人が飛び出してくる気配があった。真美と同じ小学校に通っている少年だった。貢は息をひそめ、じっとしていた。少年は自転車をひきずりながら外に出て来た。チューインガムをくちゃくちゃと嚙んでいる。少年はガレージの中の貢の存在に気づいた様子もなく、少年はそのままサドルにまたがると、遠くに走り去って行った。

ほっとした貢はガレージを出て、再び勝手口から家に入った。台所の壁にぶら下げられている散歩用の引き綱を手にし、ふと、最後に餌をやるべきかどうか、考えた。そんな常識的なことを考える自分が滑稽《こっけい》だった。やはり、以前の犬好きの性格――しかも、相当、度を越した――がそのまま残っているらしい。

彼は台所の床下収納庫の扉を開け、ペットショップさながらに積まれてあるドッグフードの山を眺めた。ビーフの缶詰、チキンの缶詰、レバーの缶詰、袋入りのビーフジャーキー、チーズ入りドライフード、骨の形をした犬用のガム、ビタミンいりのビスケット……。

ロンがいたころは、同じようにこの場所に各種フードが積まれてあったものだ。今日はどれを食べさせようか、おやつには何をやろうか……亜紀子や子供たちとそんな話を交わしながら、涎《よだれ》をたらして餌のボウルの前でお座りをしているロンを見ているのが、どれだけ楽しみだったことか。

急にばかばかしくなって、彼は乱暴に扉を閉めた。あいつに必要なのは、餌ではなく、人間なのだ。不幸をもたらすことのできる人間だけ。今、何かを与えたところで、どうせあいつは、いつもの馬なみの食欲を見せながら、あっという間に平らげ、品のないげっぷをもらすことだろう。そしてにやりと笑うのだ。うまかったぜ、おっさん、あんたも人がいいね。さも、そう言いたげに。

わざと大きな足音をたてながら、貢は居間に入って行った。さっきとほぼ同じ恰好《かっこう》で寝ていた犬は、半眼に開けた目で彼を見つめた。

散歩だよ、と彼は低い声で言い、引き綱を掲げてみせた。犬はだるそうに身体を起こし、病みあがりの老人のような目で彼を見た。

その毛に触れるのも汚らわしく、恐ろしかったが、彼は我慢して犬の首輪に手をかけた。引き綱をつけ、「行くぞ」と言った。犬は赤紫色の長い舌を出して、ハッ、ハッ、と何度か、人を小ばかにしたような息を吐くと、ソファーの上でぶるっと大きく身体を震わせた。

勝手口から犬を外に連れ出し、誰にも見られていないことを祈りつつ、ガレージに連れて行った。ケージの扉を開け、中に押しこむ。抵抗する気配はなかった。もともと動作が緩慢な犬だから、それも当然だと思うが、年寄りでもないというのに、されるままになりすぎるというのは、今さらながら、気味が悪い。

ケージの扉を閉める前に、中に手をつっこみ、急いで引き綱ごと犬の首輪をはずした。首のまわりにくっきりと首輪の跡が残った。犬はぺたりとケージの簀子《すのこ》の上に座り、猫の匂いでも残っていたのか、くんくんと簀子の匂いを嗅《か》ぎ始めた。

首輪から引き綱をはずし、再び家に引き返して、元あった場所に戻した。首輪はそのまま、ズボンのポケットにねじこんだ。犬を捨てた後で、袋か何かに入れ、どこかのゴミ捨て場に投げ捨ててしまえばいい。

車の助手席側のドアを開け、シートを後ろにすべらせ、充分なスペースを作ってから、ケージをすべりこませた。狭い車内に押しこまれたことがわかったのか、犬は途端に落ち着かなげな動きを見せ始めた。

もともと車嫌いの犬だった。ワクチン注射を受けさせるために、車に乗せて獣医のもとに運ぼうとした時、吠《ほ》えるわ、悲鳴をあげるわ、涎をウィンドウになすりつけるわ、で手がつけられなくなったことがある。

ケージを利用したのはそのためだった。車内で暴れられたら、まともな運転もできなくなる。まして、ウィンドウに涎の跡でも残されようものなら、犬を捨てに行ったことが、即座に妻に知られてしまう。

それにこいつは、と彼は改めて思った。こいつは、飼い主のハンドル操作をあやまらせ、時速百二十キロのスピードで高速道路のガードレールに激突させ、自分は傷ひとつ負わずに、どこかに逃げ去って行くことができるような犬なのだ。注意するに越したことはない。

喉《のど》の奥をごろごろと鳴らすような、不吉な低い唸《うな》り声が響いた。彼はその声をドアの奥に閉じこめ、鍵《かぎ》をかけるために家に戻った。

今夜からせいせいして眠ることができる、と思うと嬉《うれ》しかった。亜紀子や娘たちがどれだけ大騒ぎしようと、いなくなった犬は戻らないのだ。いずれ亜紀子たちも納得し、諦《あきら》めるだろう。再び平和が戻ってくる。犬さえいなくなれば、自分たち一家には穏やかな日常が舞い戻ってくるのだ。

戸締まりを確認し、車に引き返して運転席にすべりこむと、勢いよくエンジンをかけた。犬はケージに頭をぶつけながら、うぉーん、と悲しげな声をあげた。

悪魔め、と彼は吐き捨てるように言った。今すぐ叩《たた》き出してやる。

2

犬が家にやって来たのは、ちょうど八ケ月前。貢が勤めるコンピューター関連会社が、不景気のあおりをまともにくらって、大幅な人員整理に乗り出していたときだった。

彼を含めた数人の社員が、富士吉田の工場に行ってもらえないだろうか、と嘆願された。独身社員の中にはあっさりと辞めて、職業替えをする者もいたが、家族を持っている立場上、貢にはそう簡単に勤めを辞める決心はつかなかった。

学生時代からの親友の川原《かわはら》は、そんな彼を見るに見かねて、輸入家具代理店への転職を勧めてきた。川原はインテリアショップ〈カワハラ〉のオーナーである。彼の店に商品を納入しているその代理店は、川原には頭が上がらない、という話であり、貢さえその気になれば難なく正社員として迎えられることが可能であるらしかった。

だが、友人の世話になる、ということが、今ひとつ、貢の決心を鈍らせた。かつて机を並べて講義を受け、優秀な成績を残し、同じ数だけの女の子を口説き落とし、将来に一点の曇りもない夢を共に抱いていた川原の世話になるのは、なんとしてでも避けたいという気持ちがあった。

インテリアの店を出すのは、もとはと言えば、学生時代、貢と川原とで温め続けてきた夢だった。東京郊外に、狭くてもかまわないから、安い賃料で店舗を借り、ヨーロッパを回って集めてきたようながらくたを売って生計をたてることができれば、どんなに楽しいだろう……できるような気もしたし、不可能であるような気もした。先のことは考えなかった。貢も川原も充分に若かった。毎朝、ネクタイで首を締めつけながら、混んだ電車に乗る人生だけは避けたかった。そのためなら、どんな苦労も厭《いと》わないつもりだった。

だが、その夢は亜紀子と結婚することと引き換えに、捨てざるをえなくなった。池上《いけがみ》にある老舗《しにせ》の呉服店の長女である亜紀子との結婚は、思っていたとおり、最初から難航した。亜紀子の父親とは、何度か手ひどくやり合った。激昂《げっこう》した父親に、卓上の灰皿を投げつけられ、こめかみを深く切って救急車の世話になったこともある。

最終的に母親がとりなしてくれ、父親は条件つきで、不承不承《ふしょうぶしょう》、亜紀子との結婚を許した。くだらない与太者ふぜいがやりそうな店を出すことを諦めて、即刻、まともな会社に就職すること、ただし、その就職先については、いっさい、当方は相談に乗るつもりはない……それが条件だった。

一方、川原は、独自に店の経営に乗り出した。彼には才能があったようだった。二十代の若さで事業を軌道に乗せた川原は、四十になった現在、青山のファッションビル内に広大な店舗を持つ、若い女性客に大人気の店〈カワハラ〉のオーナーになっている。未《いま》だに独身というのは解せないが、貢が知る限り、川原は断じて、ホモセクシュアルではなかった。家庭を持つということが、男にとって人生を半分、妻子に切り売りすることになることを思えば、彼が独身を通しているのも、むしろ、正しい選択と言えるのかもしれなかった。

川原に就職口を探してもらうのがいやなら、社に居座り続けるしか方法はなかったが、貢にはその勇気もなかった。富士吉田の工場に移っても移らなくても、間違いなく年収は激減する。二人の娘にピアノを習わせ、翌年の春から、金持ちばかりが集まるエスカレーター式の私立中学に入学させるつもりでいる亜紀子に、恥ずかしい思いをさせたくないのなら、少なくともこれまでの収入を維持しなければならない。家のローンも返済していかねばならない。

亜紀子は「また実家の母に助けてもらうからいいわよ」と呑気《のんき》なことを言うが、いつまでも亜紀子の実家を頼り続けるわけにもいかなかった。いい年をした男が、収入が減ったからという理由で、妻の実家をあてにするなど、情けなくて涙が出てくる。

それに、貢は未だに、亜紀子の父に快く思われていない。義父は彼のいる前で、娘に「美香と真美を連れて、この家にいつ帰って来てもいいんだよ」と耳打ちしてみせるような男だった。生理的に嫌われているとしか言いようがなく、だとしたら、関係の修復は砕けたガラスを元どおりにする以上に難しい。

そんな具合だから、ひとたび亜紀子の母が娘に金銭的な援助をしようとすると、夫の目を盗んでこそこそと立ち回らねばならなくなる。あまり身体が丈夫ではない義母にそんなことをさせるのは気が重く、申し訳なさに自分が腹立たしくなってくる。

だからといって、お嬢様育ちで苦労も知らずに生きてきた亜紀子を満足させてやるには、いくらかの実家からの支援をあてにする他はなかった。家を買った時も、娘たちにピアノを買ってやる必要が出てきた時も、貢はわが身の情けなさを無理やり、意識の底に封じこめつつ、義母から差し出された金を卑屈な笑みを浮かべて受け取っては、なんとかその場をしのいできたのだった。

犬を拾ったのよ、と亜紀子から興奮した声で会社に電話がかかってきたのは、そうした八方塞《ふさ》がりの状態で彼が手をこまねいていた、晩秋の午後のことだった。

「今日は美香と真美のピアノのレッスンの日だったでしょう？　レッスンの帰りに、犬があの子たちについて来たの。さっき、うちで御飯を食べさせたとこ」

へえ、と貢は言った。正直なところ、暗雲ばかりがたれこめていた毎日に、ささやかな光がさしこんだような思いがあった。ロンが死んでから、二度と犬は飼うまい、と思っていたが、それが嘘であることは彼自身、よく承知していた。

「どんな犬だ」

「子犬じゃないのよ。成犬よ。歯を調べてみたの。まだ若いわ。二歳にもなってないんじゃないかしら。毛は薄茶色で、鼻が真っ黒で、おとなしいし、とっても可愛いの。ついでに言えば、オスよ。それはそれは立派なタマタマがちゃんとくっついてたから、一目瞭然《いちもくりようぜん》。ねえ、早く帰ってらっしゃいよ。子供たち、さっきから大騒ぎ。美香なんか、ロンの生まれ変わりだ、って言ってるわ」

「捨て犬かな」

「さもなかったら、迷い犬ね。こんなにおとなしくて可愛い犬、捨てる人がいるとは思えないもの。首輪はついてなかったけどね。ほんとにとってもおとなしいのよ。いい犬だわ。身体もそんなに汚れてないし。健康そうだし」そこまで言うと、亜紀子はいたずらっぽく「ねえ」と彼に呼びかけた。「そのまま空を飛んで、うちに帰って、新しい家族とご対面したいと思ってるんでしょう。違う？」

「あたりだ」と彼は言い、にやにや笑いながら受話器を置いた。新しい家族？　亜紀子のやつ、のっけから飼うことを決めつけてるみたいな言い方をしやがって……そう気づいて、もう一度、にんまり笑ったのは、電話を切った後のことだった。

貢はもちろんのこと、亜紀子もまた、学生時代から大の犬好きだった。そもそも、彼が同じテニス部に所属していた三つ年下の亜紀子と急速に親しくなったのも、犬の話題がきっかけだった。

中学のころ飼っていた犬に死なれた時、一緒に死んでしまおうか、と思ったこととか、街で犬を見かけると、寄っていって頭をひと撫《な》でしなければ気がすまないのだ、とか、どちらかというと、洋犬よりも日本犬のほうが好みだ、とか。犬を話題に出すだけでは飽き足らず、貢は亜紀子を誘って、ドッグショーを見に行ったり、犬のブリーダーを訪ねたり、果ては情報誌で犬猫の里親探しが行われている場所を探しあてては、わざわざ出向いて行ったりもした。

亜紀子の父は、犬に死なれて悲しく思うのだったら、二度と犬は飼うな、と彼女に命じていたらしかった。そのせいで、里親探しで可愛い子犬を見つけても、決して飼ってやることができなかった亜紀子は、「卒業して独立したら、絶対、私、犬を飼う」と張りきっていた。むろん、その時は、まさか貢と結婚し、柴犬を飼うことになるとは思いもよらなかったはずであり、今も貢は、あのころのことを思い返すと、しみじみとした温かい気持ちになる。

犬を拾った、と亜紀子から電話があった日の晩、いつもより三十分ほど早く家に戻った彼は、玄関先に迎えに走り出てきた娘たちを等分に見比べながら、「おい」と言った。

「なんだか知らんが、ワン公がおいでなすった、おいでなすった、おいでなすったんだって？」

おいでなすった、おいでなすった、と次女の真美は大騒ぎを始め、美香は美香で、自分たちについてきた時の犬の様子がどれだけ可愛かったか、興奮しながら喋《しゃべ》りまくった。

彼は娘たちに両手を引かれながら、居間に行った。ほら、と真美がソファーの上を指さした。夕食の支度をしていたらしい亜紀子は、菜箸《さいばし》片手に微笑みながら、とっくにお風呂《ふろ》にいれたから、もう全然、汚くないわよ、と言った。ソファーの下には、古くなった花柄模様のシチュー皿が置かれ、犬の飲み残したミルクが、皿の中で電灯の明かりを受けながら、きらきら輝いていた。

室内のTVはつけっ放しで、子供向けの漫画が放映されていた。室内には魚の煮付けの匂いが漂っていた。ダイニングテーブルの上には、四人分のランチョンマットが敷かれ、ぴかぴかに磨きあげられた四人分の食器が伏せて並べられていた。

部屋は暖かく、清潔で、賑《にぎ》やかだった。唐突に彼は、これは俺の家だ、と思った。確かに亜紀子の母親に援助してもらわなければ、一生、手にすることができなかった家だが、それでもこれは俺の家だ。隅から隅まで熟知している。各部屋の匂いまで、目をつぶっていても嗅《か》ぎ分けることができる。それなのにどうして……。「どうしたの？」亜紀子がからかうような表情をしながらやって来て、彼の顔を覗《のぞ》きこんだ。

なんでもない、と彼は微笑んだ。どうして、俺の家のソファーの上に……俺がいつも、食後に新聞を拡げ、くつろぎ、どんないやなことがあっても、どれほど不安な材料を山ほど抱えこんでいても、座っているだけでほっとさせられるようなこのソファーの上に、こんな犬がいなければならないのだ。

言葉を失って、貢は黙りこくった。名前は何にしようか、パパ、と真美が彼のズボンを引っ張った。お姉ちゃんがね、キティちゃんにしよう、って言うんだけど、そんなのおかしいよね、だってキティちゃんって猫のことでしょう？

別に猫に限らないよ、と美香が反論した。ねえ、パパ、そうでしょ？　キティちゃんっていう名前、呼びやすくていいじゃない。この犬にぴったり。

だって男の子なのに、そんな名前、おかしいよ、と真美は言い、美香はいささか憤慨したように、思いつく限りの犬の名を挙げたが、やっぱりキティちゃんっていうのが、いちばん可愛いよ、と言い張って、ねえ、キティちゃん、と言いながら犬の頭を撫でた。

彼は娘たちのやりとりを遠くに聞きながら、じっと犬を見下ろしていた。見れば見るほど、薄気味悪い犬だった。どこがおかしいのか、何が違和感を覚えさせるのかわからない。

第一、あれほど好きだった犬という動物に対して、薄気味悪さを感じるなどということが、あるものなのだろうか。

一見したところ、ごくありふれた雑種の犬だった。身体の大きさは柴犬ほどで、尾は細めで短いが、垂れてはいない。目やにはなく、墨汁で塗りつぶしたように見える真っ黒な鼻は、健康そうに濡《ぬ》れて光っている。半開きにした口から伸びている舌の色が、異様に赤紫がかっていて、腐って悪臭を放つハムの色を連想させたが、それもそうした種類の犬だと思えば、別段、不思議はない。

斜め後方に向けられた耳が、普通の犬にしては大きめに感じられるものの、それとてバランスを崩しているというほどではなかった。黒く縁取られていない目は、どこかどんよりと焦点を失い、生気のない印象を与えたが、よく見ると、瞳《ひとみ》が真っ黒のわりには、眼球が白茶けているせいで、そう見えるだけらしかった。

「どうしたのよ、貢ったら」亜紀子がおかしそうに言った。「恍惚《こうこつ》としてるの？　そりゃあ、そうよね。わが家にまた、お犬様が来てくれたんだから。あなた、興奮して今夜、眠れないんだわ、きっと」

そうだな、と彼は言った。笑顔を作るのが難しかった。犬はじっと彼を見上げていた。人を上目づかいに見上げるのが癖らしかった。そうやっていると、眼球がぐるりと上向きになり、濁った白目が覗く。耳元まで裂けていようかと思われる大きな口が、薄く開けられ、いかにもにやついた笑いを浮かべているように見える。

犬の名前のことで娘たちが大騒ぎし始めた。亜紀子は父である貢に全権を委《ゆだ》ねましょう、と提案した。

名前など、どうでもいいような気がした。第一、この犬を飼ってやる、とまだ決まったわけではない。必要とあらば、即刻、外に放り出し、見て見ぬふりをすることだってできるのだ。

犬は老犬のようなおぼつかない足取りでソファーから降りると、シチュー皿に鼻づらをつっこみ、ぺちゃぺちゃと盛大な音をたてながら残ったミルクを飲み始めた。そして皿が空になると、腹の底からしぼり出すようなげっぷを放った。亜紀子や娘たちは、腹を抱えて笑った。

俺は疲れているのかもしれない、と貢は思った。あれだけの犬好きだった自分。どんな犬にでも、わけへだてなく愛情を感じることができた自分。犬の汚物を平気で素手でつかむことができた自分。犬となれば、薄汚くても、醜くても、可愛げがなくても、それどころか、人間の美的感覚からはずれればはずれるほど、愛情を惜しまなかった自分。その自分が、今、こいつを前にして、説明のつかない嫌悪感を覚えている。

嫌悪？　彼は自問した。嫌悪というのとも、少し違うような気がした。たとえて言うならば、冷たい刷毛《はけ》で背中をくすぐられた時のような、言いようのない不快さ。不吉な感覚。

そういうものかもしれない。

「パパったら」と美香が彼の腕を強く揺すった。「名前、どうするのよ。早くつけてやんなきゃ、かわいそうじゃない」

彼は我に返り、娘の頭を軽く撫でた。「バブル、ってのはどうだろう」

いやだあ、と亜紀子はけたたましく笑った。「そんな不景気な名前、やめてよ」

フケイキって何？　と真美が聞いた。それには応《こた》えず、彼は素っ気なく「いいと思うよ」と言った。「不景気なときに迷いこんで来た犬なんだからさ。かえって縁起がいいぜ」

「厄落とし？　そうね。それもいいかもね」

亜紀子は無邪気に笑い、バブル、バブル、と犬の頭を撫でながら呼びかけ、なんのきっかけでか、たまたま犬がそれに応えるようにして、うう、と愛想よく唸《うな》ったので、娘たちは大喜びした。

その日から、バブルは小野寺家の犬になった。

ケージにいれた犬を車に積みこんだ貢は、国道246号線を走り、東名川崎《とうめいかわさき》まで出た。料金所で、高速料金を支払おうとすると、係員の初老の男が鼻唄《はなうた》まじりに車の中を覗きこみ、「いいねえ」と言った。「愛犬と一緒にドライブなんてねえ」

曖昧《あいまい》にうなずき、顔を隠すようにして貢はアクセルを踏んだ。休日の午後など、亜紀子にせがまれて、家族で渋谷のデパートに行くことがある。その際、東名川崎の料金所での係員にぶちあたったら、犬の話をされるのではないだろうか、と不安になった。

突拍子もない想像だった。夥《おびただ》しい数の車をさばいている料金所の男が、もう一度、この車を見て、犬のことを思い出すなど万に一つもありえない。

彼は窓を閉め、ゆるめに冷房をいれると、つとめてゆったりとシートに座り直した。東名高速は思っていたよりも混んではいなかった。上り車線のほうが、いくらか詰まってはいるが、渋滞の心配はなさそうである。

犬がケージの中で、雄叫《おたけ》びをあげ始めた。スピードが上がったために、いっそうの恐怖を感じているらしい。

ざまあみやがれ。彼は口をへの字に曲げて、煙草をくわえた。油断は禁物だが、ケージに押しこんである限り、犬のせいでハンドル操作をあやまる可能性はゼロに近い。

使い捨てライターで煙草に火をつけ、くわえ煙草のまま、ハンドルを握りしめた。ぎゃいん、と濁った声で犬が吠《ほ》えた。

フロントガラスから一瞬、目を離し、彼はケージの中を見た。口のまわりに黄色いあぶくを浮かせた犬は、残忍な目つきで彼を睨《にら》みつけていた。目が炎のように赤かった。彼に向かって歯を剝《む》こうとしているのか。それとも、ただ、恐怖のあまり、そういう顔つきになっているだけなのか。しなびた黒いゴムのように見える犬の口からは、尖《とが》った黄色い犬歯が数本、泡まみれになって覗いて見える。

彼は再びフロントガラスに目を戻し、煙草の煙を吸いこんだ。ラジオのつまみを回し、音楽を流している局を探しあて、ボリュームをあげた。車内にキャロル・キングのかつての大ヒット曲〈イッツ・トゥー・レイト〉が流れ出した。

遅すぎやしないさ、と彼は思い、深呼吸を繰り返した。まだ間に合う。

いよいよだ、と思うと、身体が小刻みに震え出した。目と鼻の先で、呪われた犬が悪魔のような顔をして唸り、吠え、歯を剝き、あぶくをたらしながら、上目づかいに彼をじっと見つめている。怖《お》じ気《け》づくんじゃない、と彼は自分に強く言い聞かせた。これまでに何度も、それこそ気が狂うほど、自分に言い聞かせてきた言葉だった。こいつは今、檻《おり》の中にいる。手も足も出せない。檻をぶっこわして、外に飛び出し、俺の足に嚙《か》みつき、ハンドルを握っている俺の手を食いちぎることがあったとしたら……そうだ、もしそうなったら、俺は喜んでおまえの名前を変えてやるよ。シュワルツェネッガーってな。どうだ。いいだろう。

面白くもない冗談だった。彼は緊張と恐怖のあまり、潤み始めた目を右手の甲で強くこすった。痛みがあった。さっき、ケージから突き出た釘《くぎ》で引っ掻《か》かれた傷口が、再びぱっくり開いてしまったような気がする。ぱっくりと開き、そこから生温かい血があふれ出し、ズボンを濡《ぬ》らし、心臓の鼓動とともに、血がどくどくと流れ、車の運転中に俺は失血死して……。

おそるおそる、ハンドルの上の手の甲を見た。傷口は開いてなどいなかった。赤錆《さび》のような細かい血の塊が、わずかに傷口にそって粉のように付着しているのが見えるばかりだ。

彼は再び気を取り直し、前方を睨みつけた。用賀《ようが》料金所のあたりで渋滞が始まっているのが遠くに見えた。

3

災厄は徐々にやってきた。思い返せば、何がその始まりだったのか、ということははっきりしない。亜紀子の母が死んだ時からか。それとも、川原から代理店への就職を諦《あきら》めてくれ、と知らされた時からか。

バブルと名付けた犬を飼ってやることにした翌日、川原から「話したいことがある」と会社に電話があった。社がひけてから、貢はいつも川原と待ち合わせに使っている渋谷の小料理屋に出向いた。

「まさかと思ってたんだけどな」と川原は出されたおしぼりで、豪快に首のまわりを拭《ふ》きながら言った。ひと目でイタリアンブランドとわかるダークブルーのダブルのジャケットは、太鼓腹を隠すにはちょうどいい大きさで、彼はいつもよりもいっそう、洗練されて見えた。

「昨日、突然、不渡りを出したって言うんだよ。信じられないね。順調な経営だったはずなんだが、こっちも寝耳に水さ」

そうか、と貢は言った。仕方がないな、正直なところ、転職の決心はまだついてなかったんだが、まあ、アテにしていたのは事実だし、ともかく、いろいろ気をつかわせてしまって申し訳ない、感謝してるよ……そんな意味のことをくどくど喋《しゃべ》っているうちに、本当は自分が、川原のツテで転職することを最後の頼みの綱にしていたことがわかってきた。貢はひどく惨めな気持ちになった。

「まあ、おかげさまで、あっちが不渡り出したところで、うちは痛くも痒《かゆ》くもないんだ」川原は言った。「うちに商品を納入したがってる連中は後を絶たないからな。それにしても、残念だったよ。あそこなら、ふたつ返事でおまえを優遇してくれると思ってたから。いや、ほんとにそのはずだったんだ。ほんの昨日までは」

「不景気だからな」貢は犬の顔を思い出した。バブルなどという名前をつけてしまったことをひどく後悔した。誰かと仕事の話をするたびに、あの見るからに不景気そうな、貧乏神みたいな犬コロの顔が浮かんでくる。

川原はいくらか言いにくそうに言った。「俺だってなあ、俺のところに来てもらうことを何度も真剣に考えたんだぜ。ただし、おまえが来るとなったら、それなりの待遇をしてやらなくちゃ俺の気がすまない。まさか、今さら店に立たせて、客相手に商品の説明をさせるわけにもいかんだろう。でもなあ、残念ながら、今、主要なポストは全部、塞《ふさ》がってる状態なんだ。どこか空いてれば、当然、すぐに手を打ったんだが……」

いいのさ、と貢は弱々しく笑った。もとより、川原の店で働く気はなかった。転職のことで川原の世話になりたくない、と思っていたのと同様、一度たりともそんなことは考えたことがない。だが、空いているポストがない、だからおまえを引き受けるわけにはいかない、とはっきり言われてしまうと、自尊心を傷つけられたような妙な気持ちにとらわれる。

その晩は、自分でも制御がきかなくなるほど気分が滅入《めい》り、激しく悪酔いした。強引に川原を誘って飲みに行った三軒目の店で、見知らぬ客と些細《ささい》なことから口論となり、つかみ合いの喧嘩《けんか》をした。テーブルが倒れ、上に載っていたものがあたりに散乱した。クリスタルの灰皿とウィスキーグラスを粉々にしたというので、帰りぎわに店に弁償させられた。法外な値段だった。

こんなに高いはずがない、と言って店のママに毒づくと、「暴力沙汰《ざた》は受けいれかねます。申し訳ありませんけど、二度といらっしゃらないでください」と言われた。こっちこそ、てめえみたいなババアのいる店には来たかないよ、と怒鳴り返した。川原が慌てて貢を店からひきずり出した。背後で、ママが「お塩持って来て！」と金切り声をあげているのが耳に入った。

川原に送られてタクシーで家に戻ると、亜紀子が焦点を失ったような目をして、ぼんやりと玄関に立っていた。その表情には見覚えがあるような気がした。

かつて結婚しようとした時、父親に反対され、駆け落ちするしかないかしら、と言い出した時の表情とよく似ている……そのことを思い出したのは、突然、こみあげてきた吐き気でトイレに走り、便器に顔をつっこんでいたときだった。

口をゆすぎ、顔を洗い、気を取り直して居間に行くと、亜紀子は犬のバブルを抱きしめたまま、放心していた。

「どうした」

亜紀子と一緒になって、犬が彼を見上げた。相変わらずいやな目つきだ、と彼は思った。誰彼かまわずまとわりつこうと狙っている、電車の中の酔漢のような目……。

「さっき父から電話があったの。あなたが戻るほんの二、三分前」

「なんだよ、いったい」

「母が……」そこまで言うと、亜紀子はわななく唇を嚙みしめた。「今日の夜、家のトイレで倒れて、すぐに病院に運んだんだけど……私に連絡する間もなく、たった今、亡くなったって」

それからのことは、思い出したくもない。ひとまず車を呼んで亜紀子を病院に行かせ、ただならぬ気配に目を覚ましてしまった娘たちをなだめ、寝かしつけ、そうこうしているうちに、夜が明け、彼が子供たちと一緒に、池上の亜紀子の実家に駆けつけると、亜紀子の父親から「今ごろになって現れるのは非常識だ」と言われた。人が死んだ時に、騒ぎを起こすべきではない、とわかっていたが、気がつくと彼は子供たちや亜紀子、それに親戚《しんせき》の人間が見ている中で、義父の胸ぐらをつかみ、あんたのほうが死ねばよかったんだ、とその鼻先に、二日酔いの酒臭い息を吹きかけ、義父に張り手を食らわされて床に倒れこんだ。

葬儀を終えた日の晩、父親から、実家とあの男とどっちを選ぶんだ、と迫られた亜紀子は泣きじゃくりながらも「貢を選ぶに決まってるじゃないの。私が選んだ私の夫よ。子供たちの父親なのよ」と言い返し、勘当を言い渡された。

暗い日々が続いた。そしてその精神の翳《かげ》りが、決して亜紀子の母親の死によるものではなく、それどころか、義母の死によって、今後、一切の金銭的援助が期待できなくなってしまったせいだ、とわかった時、貢はおよそ初めて、自分を激しく恥じた。

「私には、あなたと美香と真美しかいなくなっちゃった」亜紀子は時折、そうつぶやき、寂しそうに微笑んだ。いいじゃないか、それだけいりゃあ、充分だ、と貢が冗談まじりに励ますと、亜紀子は「あ、忘れてた」と笑い、「バブルもいるわよね」と付け加える。

犬は亜紀子に人一倍、なついていた。亜紀子が立ち上がると、犬もまた、どこからかやって来て、尾を振りながら亜紀子の行く先々について行く。よほどのことがない限り、活発に動き回ろうとしない犬なのに、亜紀子に呼ばれた時だけは、はりきって声のするほうに小走りに走って行く。

とりわけ、母を失い、父と訣別《けつべつ》してからの亜紀子は、犬のそうした無垢《むく》な愛情表現が嬉《うれ》しくてならない様子だった。台所の片隅で犬を抱きしめ、その背に頰をすり寄せながらうっとりしていることもあり、そうした光景を目撃するにつけ、貢は自分でも説明のつかない苛立《いらだ》ち、嫌悪感を覚えた。

こいつが来てから、ろくなことがない……そうはっきり、妻にぶちまけたのは、年が明け、正月休みの最後の日、次女の真美がバイクにはねられた時のことである。

「ほんとに、ろくなことがないよ。いやなことばかり起こる」

子供部屋のベッドでは、やっと眠りにおちた真美が、あまり健康的とは言えない寝息をたて始めているところだった。長女の美香は亜紀子に命じられて、真美のためにアイスクリームを買いに出かけ、留守だった。

犬は亜紀子の足もとの床で、足をそろえて座りこみ、いかにも芝居がかった顔つきで心配そうにベッドの様子を見上げていた。

「何を言い出すかと思ったら」亜紀子は疲れきったような声でそう言うと、犬の頭を軽く撫《な》でた。「くだらないことを言わないで。ブレーキもかけずに曲がり角を曲がって来て、真美がバブルをかばおうとして立ち止まったところに、そのまんま、吸いこまれるみたいにしてつっこんでくるなんて……あのバイクの学生、どうかしてたのよ」

「真美がこいつの散歩に行かなかったら、事故は起きなかったんだ」

「だからって、バブルのどこが悪かったっていうの。ロンの時だって、真美も美香も散歩に連れてったわ」

「ロンの時は、散歩中にバイクにはねられたりはしなかったよ」

「もうやめて。私、疲れてるの」亜紀子は眉間《みけん》に薄い皺《しわ》を寄せながら立ち上がった。「かすり傷程度ですんだのは奇跡みたいなもんだ、ってお医者に言われたじゃない。あなた式に言うなら、バブルがいてくれたおかげで、助かったのよ。もしバブルを連れてなかったら、重傷を負ってたかもしれない」

「どっちにしろ、こいつのせいさ」彼は低くつぶやき、犬をじっと見つめた。

亜紀子は部屋の戸口で立ち止まり、素早く彼を睨《にら》み返した。「いったい全体、何が言いたいのよ」

彼は黙っていた。妻と犬のことで言い争うつもりはなかった。目の前にいる犬が、ごく正常な、可愛い、飼い主思いの犬だと思いこんでいる人間に、何を言っても無駄だということはわかりきっていた。

だが、言わずにはおれなかった。彼は言った。「不吉なやつだよ、こいつは」

一瞬、彼女は眉《まゆ》を上げ、目を見開き、しぼり出すような声で「不吉ですって？」と聞き返した。そして、彼女にしては珍しく品のない、けたたましい笑い声をあげた。「気は確か？この犬が何をしたっていうのよ。今度のことと、どんな関係があるっていうのよ」

「きみにはわからないんだ」

「何がよ」

「どう説明すればいいのか、俺にもわからない。でも、こいつを初めて見た時から俺はなんだか……」

その時、亜紀子の顔に浮かんだ表情は、怒りでもなく、失望でもなく、憎しみでもなかった。そこにあるのは軽蔑《けいべつ》だけだった。

「あなた、病気よ」それだけ言うと、亜紀子は音もなく部屋を出て、後ろ手にドアを閉めた。あとには彼と犬だけが残された。犬は彼を見て、瞳《ひとみ》を光らせ、にやりと笑った。笑ったように見えた。

「おまえだな」と彼は低く吐き捨てるように言った。「何もかも、おまえのせいなんだな」

犬は視線を彼から離さなかった。にやり、にやり、にやり……口吻《こうふん》が薄笑いの形を作っていく。その隙間から赤紫色の舌が覗《のぞ》き、ちろちろと蠢《うごめ》く。おっさん、よくわかるじゃないか、そうさ、俺だよ、俺がやったんだよ、こういうことをやるのは楽しくて仕方がない、性分みたいなもんさ、さあ、おっさん、次は何が起こるか、楽しみに待つんだな、びっくり箱のプレゼントさ、開けてびっくり、腰を抜かすなよ……。

用賀の料金所手前で、ちょっとした渋滞にまきこまれた。窓口が二つしか開いていない。居並ぶ車は、すべてその二つの窓口めざして殺到している。

前に停まっていたファミリータイプの乗用車の窓から、太った男が首を出し、腕を高く突き上げて何か怒鳴り始めた。窓口をもっと開けろ、と言っているらしい。

あちこちで鳴り続けているクラクションが、くぐもった音となって聞こえてくる。ケージの中の犬は、しきりと荒い呼吸を繰り返し、鼻と耳を同時にひくひくと動かしている。口のまわりは泡だらけだ。ぎゅいーん、ぎゅいーん、と苦痛を訴える声が車内を満たす。

こうして見ると、単に車を怖がっている臆病《おくびょう》な犬にしか見えない。貢はブレーキペダルを踏みこんだまま、二本目の煙草に火をつけた。

このことを誰かに訴えたところで、どんな答えが返ってくるか、容易に想像がついていた。あなた、頭おかしいんじゃないですか……そう言われるに決まっている。

この犬のどこがおかしいんです。可愛い犬じゃありませんか。そりゃあ、いささか情けない顔をしているし、年齢に似合わず、動きが緩慢だし、活発な犬らしさに欠けるところもあるかもしれないけど、でも、だからといって、この犬のどこが不気味なんですか。ごく普通の犬じゃないですか。あなた、疲れてるんですよ。ツキに見放されて、これまでの疲れがどっと出ただけなんですよ……。

ツキに見放された？　彼はせかせかと煙草の煙を吸いこんだ。どっちが先だ。ツキに見放されたから、こんな犬を抱えこんだのか。それとも、こんな犬を抱えこんだからこそ、ツキに見放されたのか。

川原のツテを頼った転職が不可能になったとわかった時から、今いる会社にしがみつくしかないと決心した。だが、会社は彼にとって、それこそ針のむしろだった。

ひどい時には、週に一人の割合で、同僚が辞表を提出していった。組合は、絵に描いたような御用組合だったから、なんの役にもたってくれなかった。

仕事は減り、やるべきことがなくなった。出社しても、ぼんやりとぬるいお茶をすすりながら、デスクに向かうだけの日々が続いた。図々《ずうずう》しく居座ればいい、俺にはそうする権利がある、と自分に言い聞かせるのだが、上司の目が気になって仕方がない。まして、さまざまな噂が、社員食堂の日替わりランチメニューのように耳に飛びこんでくる。

「残った社員の三分の二が、まもなく解雇されることになるらしい」「富士吉田の工場も危なくなったという噂だ」「社屋として使っているビルのオーナーが、ビルごと売却する計画をたてている」……。

いちいち本気になって耳を貸すのもばかげていると知りつつ、ひとつ噂を聞けば、新たな暗雲が胸に拡がっていって、始末に負えなくなってしまう。

女子社員たちは、我先にと転職していき、みるみるうちに社内に彩りが失われた。受付に座っているのはビルの管理人をしている親爺《おやじ》だけになった。

社内で密《ひそ》かに回されている各種の就職情報誌を盗み読み、ここはどうだろう、とあたりをつけて、その会社の電話番号をメモしてみたり、実際に履歴書を作成してポケットにしのばせてみたりしながら、結局、何ひとつ、自分から行動を起こせないまま時間が過ぎていった。

亜紀子との結婚で、自分の将来を亜紀子の父親に売り渡してしまったことが、今さらながら口惜しい。もともと会社勤めは性《しょう》に合っていなかった。勤め先を解雇されたとしても、どこか似たような別の会社に就職する以外、生きていくすべもなく、そう考えると、首を切られたわけでもないのに、焦って転職先を探す必要はないような気もしてくる。

どこに行っても、自分の人生は似たりよったりだ、と思う気持ちが、彼の行動力をさらに鈍らせた。かといって泰然自若として成り行きを見守れるほど、神経も図太くない。金など、なんとでもなる、と思うそばから、今後、二人の娘にかかる教育費を電卓で計算しては、暗がりを手さぐりで進むような不安にとらわれる。

そんな毎日を送っている自分が、ちょっと風変わりな、ただ単に肌の合わない犬を飼ってやらざるをえなくなり、必要以上に神経過敏になってしまって、その犬のことをあたかも災厄を運ぶ悪魔のように見たてているだけなのかもしれない、たまたま、犬が来てから、いやなことばかり起こったので、犬とトラブルとを結びつけてしまっただけなのかもしれない……そう思うこともあった。

そうした理性が甦《よみがえ》ったときなどは、自分が犬に対して抱く病的な感情がひどくばかげたもののように思え、「バブル、こっちにおいで」とかつてロンに対して口にしていたような猫撫《な》で声を出し、犬を抱き寄せたり、頭を撫でてやったりすることもあった。だが、長続きしなかった。抱き寄せた腕の中で、犬は例の、あのにやついた笑みを浮かべ、彼を見上げる。淀《よど》んだまなざしに、彼にしかわからないのであろう、不吉な翳《かげ》りが潜んでいる。

どこかで亜紀子がそれを見守っている。夫が可愛い飼い犬をどうするのか。抱き寄せ、その鼻づらにキスするかどうか。あるいは硬い髭《ひげ》に頬ずりをするのかどうか。

彼は何もせずに、犬を突き放す。心臓がどきどきしている。両腕に、獣のぬくもりが残される。今にもそこから、いやな匂いがたちのぼってきそうで、彼は無意識のうちに腕をはらう仕草をする。亜紀子の冷ややかな視線が彼をとらえる。

「あなたはバブルが嫌いなのね」彼女は言う。口調にこれまで聞いたことのない刺々《とげとげ》しさが含まれている。

「物事がうまくいかないのを、全部、犬のせいにしてる。とんでもない思いあがりだわ。とても四十男の考えることとは思えない。子供以下よ」

かもしれないな、と彼は負けじと冷ややかに言い返す。「苦労も挫折《ざせつ》も知らずに生きてきたお嬢さん育ちの女房にとっちゃ、家族に飯を喰《く》わせていかねばならない男の気持ちは、どんな場合でも、子供以下なんだろうよ」

それ以上、口論には発展しない。代わりに重苦しい沈黙が訪れる。亜紀子はぷいと顔をそむけ、背中を向ける。

そのうち台所ですすり泣きの声が聞こえてくる。言いすぎた、と思うのだが、もう遅い。彼は彼で、行き場を失ったような気持ちになり、ひどく暴力的な衝動にかられ始める。ソファーの上のバブル専用のクッションを窓に向かって投げつける。すすり泣きがいっそう激しくなる。どうにでもなれ、と彼は思う。

料金所まではあとわずかなのに、車の列は遅々として進まない。犬はケージの中で腹這《はらば》いになり、苦しげに喘《あえ》ぎ始めた。口にたまった泡が流れ落ち、ケージの簀子《すのこ》の上に汚物のような黄色いしみを作っている。

「酔ったんだな、車に」彼は声に出して言った。今となっては、もはや、犬に話しかけるという行為は、緊張感を伴う行為になった。こいつは人の言葉がわかる。間違いなく、ほとんどの言葉の意味を理解している。

「もうじき降ろしてやるよ。頼むから、おまえがとりつく別の人間を探してくれ。おまえがとりついて楽しいと思える人間は、星の数ほどいるよ。俺じゃなくても、大勢いる。誓ってもいい、なあ、相棒。俺をこれ以上、苛《いじ》めるのはやめてもらいたいんだよ」

犬はふいに彼のほうを見上げた。ぶくぶくと、蟹《かに》のように黄色い泡をにじませている口が、何か言いたげに、束の間、小さくすぼまった。吐き気をこらえながら、何か言おうとしている人間の口みたいだった。

笑うぞ、見てろ、こいつは今、笑い出すぞ……そう思い、彼は胸が悪くなった。

そしてそれは、そのとおりになった。犬はいきなり、湿った音を口から吐き出すと、激しく空気を吸ったり吐いたりしながら、喉《のど》の奥でけたたましい笑い声をたて始めた。声は、笑いすぎて息を詰まらせている子供のように、ひいひい、と長くか細く続き、泡と化した唾液《だえき》にまじって、やがてげろげろという音に変わっていった。

やめろ！　と貢は声をあげた。犬は、げろげろと陰気な声をあげ続けながら、ねばついた視線を彼に投げた。泡の中に埋もれたようになった口が、蛇のようにのたくった。

後続の車のクラクションが鳴った。前の車との間に、距離ができていた。彼はブレーキペダルから足を離し、アクセルを踏んだ。勢いをつけすぎて、前の車に追突しそうになった。大慌てで急ブレーキをかけた。

頭髪が逆立ったような気がした。犬は、急ブレーキのせいで、ケージにいやというほど頭をぶつけたようだった。ふと犬の様子を見ると、犬は身動きひとつ、しなくなった。ケージに頭をぶつけたままの姿勢で、じっと、自分の口からあふれ落ちる黄色い泡を見つめている。

4

彼が新橋《しんばし》の裏通りにあるさびれたようなスナックに入ったのは、ちょうど一ヶ月前のことだった。何故、あの店を選んだのか、今もよくわからない。他にも小さな店はたくさん並んでいたはずだった。けばけばしいネオンに彩られた店もあったし、外の通りにまでカラオケの音が流れてくる店もあった。気のよさそうな老夫婦が経営している焼き鳥屋もあったし、若い女の子のグループがたまっているおでん屋もあった。なのに、彼はあの店を選んだ。

何故？ たまたま、そこにあったから。そうとしか言いようがない。

ゴールデン・ウィークが明けたばかりの金曜日の夜だった。休日中に、家族サービスで金を使ってしまった連中が多かったせいか、あるいは、不況の表われか、街はどこもかつての賑《にぎ》わいを見せておらず、気のせいか、ひっそりしていた。

六時過ぎに会社を出て、真っ直ぐ帰る気にもなれなかった彼は、銀座でざるそばを食べ、そのままぶらぶら歩き続けた。新橋に出てしまったことに気づいたのは、七時半を回ったころだった。

その界隈《かいわい》になじみがあったわけではない。かつて一度だけ、仕事関係の接待の後で、上司に連れられて来た覚えがある程度だ。

とはいえ、何やら安サラリーマンが行くにふさわしい、喫茶店に毛のはえたようなスナックまがいの店が立ち並んでいたことだけは覚えていた。そんな店なら、少々、酒を飲みに立ち寄っても、たいして財布は痛まないだろう、と彼は思った。

『茜《あかね》』という小さな看板を出しているスナックが目にとまった。三階建ての雑居ビルの地下一階。一階には見るからに胡散臭《うさんくさ》そうな不動産屋が入っており、二階から上は貸事務所だった。

人が一人通るだけで精一杯の、狭苦しい階段を降りてみると、左側に『茜』と書かれた扉が現れた。

駅前の公衆便所を思わせる、素っ気ない作りの薄っぺらい扉で、誰が書いたのか、そこには夥《おびただ》しい数の落書きが書きこまれていた。なかには卑猥《ひわい》な落書きもあった。ひどく生々しくグロテスクに描かれた女陰の絵とともに、「茜のママと寝たぞ」という文字が薄く残され、消そうとしても消せなかったのか、そのボールペン文字には消しゴムでこすり取ったような跡がついていた。

店内に客は一人もいなかった。カウンター席の横に、ボックス席がふたつあるだけの小さな店で、音楽も何もかかっていない。やけに重苦しい沈黙に包まれているカウンターの向こうで彼を迎えてくれたのは、顔色の悪い、痩《や》せぎすの三十前後の女だった。

スコッチの水割りを注文し、女にもグラスを用意させて、二人でさしむかいで飲んだ。よく見ると、端整な顔立ちをした美人だった。痩せてはいるが、かえってそのために乳房のふくらみが強調されるのか、着ているモスグリーンのワンピースの胸もとがなまめかしい。

「あのドアのいたずら書き、ほんとなのかな」

「え?」

「茜のママと寝た……っていういたずら書きだよ」

ああ、と女は言い、神経質そうに眉《まゆ》をひそめた。「消えないんです、あれ。いろいろ試したんですけど、何をやってもだめで。ドアごと替えるしかないんでしょうけど、なんだかそんなことをするのも面倒で。居抜きで借りているだけのお店ですし。結局、そのままに」

「ご愛嬌《あいきょう》だよ。かまわないじゃないか。あれにひかれて店に来る客もいるかもしれない」

女はつと、唇を舐《な》めた。気のせいか、誘うような目つきが彼の唇のあたりをさまよった。

「あなたもそうでしたの?」

肩まで伸ばした真っ直ぐな髪の毛の束から、抜け毛が一本、女の胸もとに落ちているのが見えた。質問に答える代わりに、彼は手を伸ばし、それをつまんで取ってやった。束のと言った。

間、指先に女の肌のぬくもりが伝わった。女は深い溜《た》め息のような声で、「ありがとう」

その種の店なのかな、とちらと思った。どんな店でもかまわなかった。家に帰り、仏頂面をしたお嬢様育ちの女房と顔を合わせ、あの犬のうつろな謎めいた視線を浴び、間に立って、わけもわからずにおろおろしているかわいそうな娘たちを相手に、場をとりつくろうような会話を交わすことを思えば、今夜一晩、このどこの馬の骨とも知れない女を相手に、飲み続け、男と女のすることをしてしまったところで、どうということはないような気もした。

「飲もうよ」と彼は女にウィスキーを注いでやり、再度、グラスを合わせた。

九時になっても、客は一人もやって来なかった。女は「バブルがはじけてから、ずっとこうなの」と寂しげに笑った。「一晩中、一人もお客がないこともあるわ。だから今日はまだまし。そっちに行っていいかしら」

彼がうなずく間もなく、女はカウンターを出て彼の隣のスツールに腰をおろした。無口なのか、あまり自分から話しかけてはこない。仕方なく冗談を連発してやると、さもおかしそうに腰をくねらせて笑うが、どこか寂しげな印象が残る。泣くまいとして歯をくいしばっているうちに、涙が身体に蓄積され、血が薄められてしまったかのように頬にも手の甲にも赤みがない。

客が来ないようだから、ダンスでもしようか、と彼が言うと、女は音楽をかけてくれた。けだるいアラブ音楽で、女は「私、最近、これに凝ってるの」と言って微笑んだ。狭い店内で身体をすり合わせながら踊っているうちに、酔いも手伝ってその気になった。亜紀子と結婚してから、そんな気持ちにかられたのは、およそ初めてのことだった。

どう？　と彼が誘うと、女は当たり前のようにうなずき、店を閉めた。

タクシーを拾い、連れて行かれたのは、JR大崎駅近くにある小さな古いマンションだった。エレベーターのついていない四階建て。入口に『大崎第一ハイツ』とある。女の部屋は三階の廊下の突き当たり、305号室だった。

玄関を開けるとすぐに、ダイニングキッチンがあり、その奥に六畳ほどの和室がふたつ並んでいる。生活そのものに興味がないのか、あるいは経済的な余裕がないのか、部屋は女の一人住まいとは思えないほど殺風景で、どこもかしこも薄汚れていた。

女は彼に、何かのしみがこびりついた花柄模様のスリッパをそろえて差し出すと、「ビールならあったと思うんだけど」と言って、流しの脇の小さな冷蔵庫を指さした。「飲んでてくれます？　私、ちょっとシャワーを浴びてきますから。あなたは？」

彼が曖昧《あいまい》にうなずくと、女はちらりと微笑んで、バスルームの向こうに消えていった。

冷蔵庫を開けてみた。しなびて黴《かび》が生えかけたレタスと、匂いを嗅《か》ぐ気にもなれないほど手垢《てあか》のついたマーガリンのケース、乾ききってミイラのようになったスライスハム……そんなものしか入っていない冷蔵庫に、見るからに真新しい缶ビールが三缶入っているのは、奇跡としか思えなかった。

女が戻ってくるのを待ちながら、和室を占領しているベッドに座って缶ビールを飲んだ。くすんだ橙色《だいだいいろ》のインド更紗《さらさ》のベッドカバーには、彼女のものであろう黒い長い髪の毛が、あちこちでうねうねととぐろを巻いていた。

目ぼしい家具といったら、ベッドの脇に置かれている、化粧道具が山のように積まれた埃《ほこり》だらけの白いドレッサーだけ。衣類はすべて押入れの中にいれてあるらしく、洋服箪笥《だんす》はおろか、ロッカー箪笥の類《たぐい》も見えない。壁には、気のきいた絵一枚、ポスター一枚、貼られておらず、蛍光灯の冷たい光を受けたオフホワイトのカーテンは、汚らしく黄ばんで見えた。

胸にバスタオルを巻きつけたままの姿で戻って来た女は、陰気な笑みを浮かべながら、彼に身体をすり寄せた。幸いなことに、性的興奮だけは衰えていなかった。彼はそのまま何も言わずに女を抱きしめ、ベッドの上で重なり合った。女の身体からは石鹸《せっけん》の匂いがしたが、それはすぐに、垢じみたベッドカバーの匂いと区別がつかなくなった。

事を終えると、彼は脱ぎ捨てた自分の下着を素早く身につけ、ズボンをはいた。女はベッドの中で悲しげな目をして彼を見た。

「泊まっていかないの？」

「無理なんだ。帰らなくちゃ」

「奥さんに何かうまい言い訳はない？」

「ない……と思う」

そう、と女は言った。その目が潤んでいるように見えたので、一瞬、彼はひどく彼女が気の毒になった。

「お店を始めてから、あなたが初めてよ」女は鼻が詰まったような声で言った。「ほんとなの。私、こんなことするような女じゃないから。そう見えないかしら」

いや、と彼は言った。「そう見えるよ」

女はだるそうに起き上がり、ドレッサーの引出しに手を伸ばした。豊かだが、色の悪い、がさがさした感じのする乳房が揺れた。

「この部屋の電話番号、書いておくわ。いつでも電話して。お店にいる時以外は、たいていここにいるから」

女は身体を斜めに傾けながら、左手でメモ用紙に電話番号を書きつけ、それを彼に手渡した。彼はうなずき、メモ用紙を折りたたんでワイシャツのポケットにいれた。どこでこいつを破り捨てようか、と考えながら。

女は目を細め、掠《かす》れた声で言った。「楽しかったわ。ありがとう」

金を置いていくべきかどうか、考えた。だが、実際のところ、まとまった金は持っていなかった。一万やそこらじゃ、かえって相手を愚弄《ぐろう》することになるだろう。それにその金を使ってしまったら、帰りのタクシー代もなくなってしまう。

気がむいたら、また店のほうに顔を出してやればいい。川原あたりを誘って。見栄っぱりの川原なら、店で最上等の酒をキープしてくれるに決まっている。たとえ、二度とその店に行かないことがわかっていても。

彼は黙って靴をはいた。女は見送りに出て来なかった。部屋中が淀《よど》んだ静けさに満ちていた。

「おやすみ」と彼は玄関先で声をかけた。女がこくりとうなずくのが、気配でわかった。

部屋を出て、ドアを閉めた。突然、室内からすすり泣きの声が聞こえてきた。身体の奥底からしぼり出すような声だった。

彼は足早に階段を駆け降り、マンションの外に出て、ほっと溜め息をついた。外の空気が心地よかった。背広の袖《そで》に鼻をつけ、匂いを嗅いでみた。女の部屋にこもっていた、湿った埃臭い匂いが嗅ぎ取れたような気がした。

背中に強い視線のようなものを感じて、ふと後ろをふり仰いだ。だが、彼がたった今、飛び出して来た建物はどの窓も真っ暗で、いつのまにか女の部屋の明かりも消されており、頭上には汚れた都会の夜の空が拡がって見えるばかりだった。

5

クレジットカード類を入れているカードケースがなくなっているのに気づいたのは、翌朝になってからである。

財布とは別に持ち歩いているものだから、買い物をする時以外は、そう頻繁に背広のポケットから取り出すことはない。『茜』という店を出た時は、確かに内ポケットの中にあった。女の部屋に置き忘れてきたに違いなかった。

幸い、亜紀子は子供たちを学校に送り出してから、無農薬野菜を売りに来る業者がいるからと言って、彼の出社時間よりもひと足早く、家を出て行った。関係が険悪化して以来、夫の持ち物には目もくれなくなっている。亜紀子が昨夜のことに気づいている様子はなかった。

破り捨てようと思っていて、そのまま家に持ち帰ってしまったメモ用紙が、すぐに役にたった。貢は妻の足音が玄関から遠ざかるのも待ちきれず、慌ただしく電話をかけた。

五回ほどのコール音の後で、女が出てきた。今の今まで寝ていたのか、老婆のように嗄《しわが》れた声だった。ひとたび抱いた女には、抱かなかった女に対して以上の距離を感じることがある。彼はいくらか他人行儀な口調で、クレジットカードが入ったケースがそこにないだろうか、と聞いた。女は、ある、と答えた。

「助かった。どこかに落としたんじゃないか、と思って、慌てて電話してみたんです。悪いけど、今夜、店まで持って来てくれませんか。受け取りに行きますから」

また店に出かけて行くのは不本意だったが、致し方なかった。まさか会社まで届けさせるわけにもいかない。

女は「ごめんなさい」と言った。「今日、お店休もうと思うの。ちょっと具合が悪いものだから」

身体の線は崩れていないが、どこかしら青白く、なめらかさが感じられない不健康な肉体が思い出された。風邪？　と彼は聞き返した。聞き返しながら、説明のつかない不安を覚えた。幾つかの、危うい印象を与える病名が頭の中を飛びかった。こそこそと病院の門をくぐっている自分の姿まで想像できた。

「風邪ではないんだけど」と女は溜《た》め息まじりに言った。シーツがこすれる乾いた音が響いてきた。

「ちょっと気分がすぐれないだけ。時々、こういうことがあるの。だから……直接、部屋のほうにいらしてもらえないかしら。私はずっとうちにいますから」

「そうか」と彼は内心の動揺を隠しながら言った。ふいに鼻腔《びこう》の奥に、女の部屋の湿った埃臭い匂いが甦《よみがえ》った。だが、行くしかなかった。他に方法はない。「じゃあ、そうしましょう」

「昼休みの時間を利用して行きますよ。あるべきものがないと、どうも居心地が悪いから」

「何時ごろになるの?」

わかったわ、と女は言った。妙にきっぱりとした言い方だった。「お待ちしています」

夜を一緒に過ごそうと言い出しかねている様子はなかったので、貢は少し、ほっとした。向こうは向こうで、やはり一夜の遊びと割りきっている可能性もあり、だとしたら、女の店の扉に書かれてあったいたずら書きも、なるほどとうなずける。

その日、昼休みになるのを待ちかねて、彼は会社を飛び出した。玄関先でケースを返してもらったら、すぐに帰る。お茶でもいかが、と言われても決して靴は脱がない。余計な話はしない。ましして、昨夜のことを思い出させるようなセリフは何ひとつ吐いてはならない。そう心に固く決め、決めてしまうといくらか気が楽になった。

彼は大崎駅前の果物屋で、グレープフルーツとアムスメロンを包んでもらい、うろ覚えだった道を急ぎ足で歩いた。

明るい日ざしの中で見るマンションは、いっそう古めかしく、汚らしく見えた。昨夜は気づかなかったが、裏手に大きな工場がそびえている。そのせいで、建物は完全に影の中に沈んでしまっている。

階段を上がり、３０５号室のドアチャイムを押した。表札は出ておらず、新聞受けには朝刊が押しこまれたままになっていた。

返答はなかった。眠っているのかもしれない、と思い、何度かたて続けにチャイムを鳴らした。耳をすませた。中はしんとしていた。

そっとドアノブを回してみた。ドアは難なく開いた。

カーテンが閉じられた薄暗い部屋の中で、女が白っぽいガウン姿のまま玄関先に立ち、こちらに向かって頭を下げているのが見えた。起こしちゃったかな、と彼は言った。「申し訳ない。返事がなかったもので……」

視線が女の足もとに釘《くぎ》づけになった。女は素足だった。小さな爪にはオレンジ色のペディキュアが塗られている。薄闇《うすやみ》に溶けていきそうなほど仄白《ほのじろ》いその足が、床から十センチほど離れ、ゆらゆらと宙に揺れているのを知った時、彼は水を浴びたようになって後ずさりした。

佇《たたず》んでいるように見えた女の首には、何重にもより合わされたストッキングが極太のロープのようになって巻きついていた。ロープの先端は、玄関の靴脱ぎスペースを囲っている作りつけのカーテンレールにしっかりと結ばれている。

口のまわりの筋肉が勝手に痙攣《けいれん》し始めた。奥歯ががちがちと鳴った。手にしていた果物の包みが、どさりと大きな音をたてて転がった。

失いかけた理性が、彼の中で最後の警鐘を打ち鳴らした。カードケースはどこだ。あれを持ち帰らない限り、この女の自殺と俺とが何か関係あるのではないか、と疑われてしまう。

ぶら下がっている女の脇をすり抜けて、室内に入ろうとしたその時、女が着ていたガウンのポケットから、見覚えのある黒革の薄手のカードケースが顔を覗《のぞ》かせているのが目に入った。破れかぶれだった。彼はガウンのポケットに乱暴に手をつっこみ、カードケースを引きずり出した。はずみで女の身体がぐらりと揺れた。女の体重を支えているカーテンレールが、ぎい、といやな音をたてて軋《きし》んだ。

転がっていた果物の包みを拾い上げ、彼は一目散に部屋から飛び出した。足がもつれ、階段で転びかけた。誰にも会わなかったことだけが救いだった。彼はマンションを出ると、走って走って走り続け、どこを走っているのかわけがわからなくなり、突然、ぜんまいが切れた人形のようになって立ちすくんだ。

切れ切れになった荒い呼吸の中で、何故、女が死んだのか、考えた。昨夜の、どこかうら寂しい女の微笑が甦った。自殺志願の女だったのかもしれない。ということ以外、何もわからなかった。

近くの公園に行き、手にしていた果物の包みを屑籠《くずかご》に放りこむと、おそるおそるカードケースの中をあらためてみた。合計六枚いれることができるようになっているカードポケットには、二枚のクレジットカードと銀行のキャッシュカードが、そっくりそのまま入っていた。

カードが入っていない空きポケットの中に、見慣れない白い紙が見えた。彼はそれをつまみ出した。丁寧に四つ折りにされた便箋《びんせん》だった。中にはこう書かれてあった。

『お友達もなく、恋人もなく、身寄りもなく、たった一人、なんとか生きてきましたけれど、昨夜は本当に楽しいひとときでした。偶然とはいえ、あなたがこのケースを忘れていってくれて助かりました。やっと決心がつきました。これで楽になれます。私の最期を見届けてくださる方が欲しかったのです。ご面倒ですが、あとのことをよろしくお願いいたします』

6

長い時間をかけて用賀の料金所を通り抜けた貢は、そのまま環状八号線に乗り、多摩川《たまがわ》堤通りをめざした。

犬を捨てるのに、多摩川沿いの土手は恰好《かっこう》の場所だった。付近には住宅はもちろんのこと、学校やショッピングセンターも数多くある。首輪をつけていない、決して小さいとは言えない犬がうろうろしていたら、よほどの犬好きでない限り、子供たちに万一のことがあったら、と不安を覚えるに決まっていた。保健所に通報する者も出てくるだろう。捨てた犬が人目につきやすいというのは、この際、かえって好都合だった。

もっとも、別の飼い主が現れれば話は別だが……と貢は思う。こいつの次の標的になることも知らずに、こいつを可愛がり、餌を与え、ついに自宅に連れ帰って、その家の家族の誰かが、たび重なる不幸に遭遇し、それでもそれが犬のせいだとはつゆとも疑わないような、おめでたい飼い主。そんなやつが現れてくれれば、それはそれでご愁傷様と言うほかはない。

犬は安楽死させてしまおうか、と思ったことは何度もある。捨てたところで、誰か他の人間が拾ったりしたら、新たな犠牲者を生むばかりだし、かといって、この犬は危険です、決して拾わないでください、と書いた紙を犬の首にぶら下げておくわけにもいかない。

飼えない事情ができたから、と言って保健所に連れて行けば、役所仕事の一環として黙って処分してくれる、という話を聞き、そうしてしまおうか、と決めかけたこともあった。だが、川原に言われた冗談めかしたひと言が、実行に移すことをためらわせた。

「そういう犬は、安楽死させられたらすぐに祟《たた》り返してくるかもしれないぜ」

川原はそう言った。大崎の女の部屋で、死体を発見してから十日後の夜だった。青山の彼の店の近くにある静かなバーで、これまであったことをすべて、川原に打ち明けた時のことである。

話をひととおり聞いた後、川原は束の間、口を閉ざし、何やら忙しく考えている様子だったが、やがてバーテンに盗み聞きされない程度の低い声で「で、誰にも見られなかったんだろうな」と聞いてきた。

「そのはずだよ」

「店には客は一人も来なかったんだな」

「ああ」

「マンションでも誰にも会わなかったんだな」

「ああ」

「新聞だねにはなったのか」

「新聞は全紙、読んでみたよ。でも、どこにも載ってなかった」

川原は、ふむふむとうなずき、首の後ろをひと撫《な》ですると、万事ＯＫ、と言わんばかりの勢いで、いきなりぽんと貢の背中を叩《たた》いた。

「心配するな。おまえが自殺に追いこんだわけでもなく、まして殺したわけでもない。まあな、見たものが見たものだったから、しばらくはいやな気持ちが残っても仕方がないけど、これはもう、女房の手前、黙っている以外、方法がないだろう。死んだ彼女には悪いけど、災難だったと思って、忘れることだな。そうしろよ」

「それはわかってるんだ。忘れるしかないよ。名前もよく知らない女だしね。多分、茜っていう名だと思うけど。でもなあ、川原。俺……」

だめだめ、と川原は人さし指をワイパーのように左右に振った。「考えすぎちゃいかん。後味が悪いのはわかるが、所詮《しょせん》、一夜を共にした相手にすぎないんだ。感傷的になったところで、なんの意味もない。誰かが自殺しても、いちいち新聞に載るわけじゃないし、掲載されるほどのニュース価値もなかったんだろう。それだけのことさ」

川原は誤解していた。貢が気にしているのは、死んだ女のことではなく、まして、首つり死体を目撃してしまったことでもなかった。身寄りのない孤独な女の死の見届け人にされてしまったことは、かえすがえすも腹立たしく薄気味悪いが、腹をくって知らぬふりを通せばそれですむ。

問題は、何故、自分がそうしたいやな目にばかりあわねばならないのか、ということだった。すべてあの忌ま忌ましい犬のせいであることはわかりきっている。そのことをどうしても、川原にわかってもらう必要があった。

「犬のことはどうなる」貢は息せききって言った。

「あの犬をなんとかしない限り、俺は多分、これからもずっと信じられない災難をしょいこむんだ。へたをすると、離婚にまで発展するかもしれない。子供たちに何か起こるかもしれない。俺自身が、命を奪われてしまうかもしれない」

「ばか言うなよ」川原は呆《あき》れたように笑った。「犬に関しては、亜紀子さんの言うとおりの言葉をおまえに返してやりたいね。どうかしてるぜ、ほんとに。魔女の使いの犬だって言うのか？　それとも大魔王のしもべ？　ばかばかしい。冗談にもほどがある」

「しかしな、これは事実なんだ。おまえもあの犬をひと目見れば、わかると思うよ。あいつはただの犬じゃないんだ」

「目が三つあるとか、馬なみのペニスがついてる、って言うんだったら話は別だけどさ」

川原はげらげら笑った。

冗談なんかじゃないんだ……そう言って、貢は目を落とした。川原はしばらくの間、くすくす笑っていたが、やがて貢のスツールの背に手を回すと、憐《あわ》れむように彼の顔を覗きこんだ。

「疲れてるんだな、おまえ。わかるよ。仕事がうまくいかないで苛々《いらいら》している時に、よく知りもしない女の首つり現場を見ちまうなんてなあ。ひどい。ほんとにひどすぎる。でも、こういう時こそ気をしっかり持たなきゃ。少し休暇でもとって、旅行してくるとかなんとかすればどうだ。女房や子供たちも連れてさ」

「あの犬の処分を決めてからでないと、そんな気分にもなれないよ」

「処分？」川原は真顔で姿勢を正した。「おまえ、まさか……殺すつもりなのか」

「手を下すつもりはないよ。安楽死させられればと思ってるんだ。保健所に持って行くとかしてね」

川原はごくりとグラスに入ったビールを飲みほすと、ふっ、と呆れたように笑った。「動物をみだりに死なせると、かえって怖いぞ。まして、そういう犬なんだろう？　祟り返してくるかもしれないぜ」

両腕に粟《あわ》がたった。ただの冗談には聞こえなかった。「いやなことを言うなよ」

「だったら、くだらない考えはやめることだな」川原は苛立《いらだ》ったように言った。「おまえ、それ以上、ばかなことを言い出したら、俺が病院にぶちこんでやるぞ」

……あれ以来、安楽死の線は考えないようにしてきた。川原の言うとおりだった。こいつのような犬は、死なせたら最後、末代まで祟り返すような力を持っているに違いない。

多摩川堤通りを緑地に向けて走り続けた。犬は少しおとなしくなった。例のげろげろという音を喉《のど》の奥にこもらせたまま、じっとうつむいている。

大勢の子供たちで賑《にぎ》わっている多摩川緑地が見えてきた。草野球を楽しんでいるらしい。観戦に来ている親たちの姿も見える。

後続の車に注意しながら、彼はハザードランプを点滅させ、路肩に寄せて車を停めた。散歩中の家族連れがいる。身体を寄せ合いながら歩いている学生ふうのカップルがいる。

誰にも見られずに犬を放すのは難しそうだった。だが、堂々とやるべきだ、と彼は思った。こそこそすると、かえって怪しまれる。

車から降り、震え始めた膝《ひざ》をとりつくろいながら、助手席側のドアに回った。彼のすぐ傍をカップルが通りすぎて行った。互いの存在以外、眼中にない、といった様子だった。ドアを開け、中腰になってケージの扉に手をかけた。犬がぐるりと首を回して彼を見た。行ってくれ、と彼は言った。二度と俺の前に姿を見せないでくれ。

　ひと思いにケージの扉を開け放った。犬は瀕死《ひんし》の床から起き上がる病人のように、よろよろとケージから出て来たが、地面に足をつけるなり、四肢を踏んばって、武者震いをした。口から黄色い泡が飛沫《ひまつ》のように飛び散った。犬はちらりと肩越しに貢を見上げると、口もとに例のにやついた笑いを浮かべ、げげっ、と低く喉を鳴らした。

　誰も犬に注意を向けなかった。軽トラックが一台、彼と犬の間に割りこむようにして、走りすぎて行った。湿った一陣の風が、彼の首すじを撫でていった。

　トラックが通過した後には、犬の姿はどこにも見えなくなっていた。土手に連なる木立の群れの向こうから、子供たちの歓声が聞こえてきた。ぽつり、と雨が顔にあたった。

　突然、彼はひどく怖くなり、大急ぎで車の中にもぐりこんだ。ドアを閉め、ハンドルを握りしめる。空になったケージからは、あの薄笑いを浮かべた犬の幻が彼を見上げ、こう語りかけているような気がした。

　おい、おっさん、俺を捨てるだなんて、そんなことはしても無駄だよ、わかるだろう？さあさあ、機嫌を直して、次なるびっくり箱を開けてみなよ、きっと楽しんでもらえるって。

くそったれ！　……そう怒鳴りつつ、彼はイグニションキイを回し、力いっぱいアクセルを踏みこんだ。

7

五時を少し過ぎたころ、亜紀子が子供たちと一緒に帰って来た。ただいま、とも言わず、熱は下がった？　とも聞かずに、亜紀子はそそくさと台所へ入って行って、外出着のまま、水をいれたやかんをガスにかけた。

二時間ほど前に家に戻っていた貢は、犬を捨てに行った形跡をすべて消すために、ケージを物置に戻し、引き綱がちゃんと元どおりの位置にあるかどうか確かめ、台所に置いてある犬用の餌ボウルの中に少しだけ残っていたペディグリーチャムのビーフ缶を、あたかも犬が最後の最後まできれいに舐《な》め取ったかのように指でこそげ取り、万全の注意を払っていたのだが、いつ、子供たち、あるいは妻が、「バブルはどこ？」と聞き出すかと思ってはらはらしていた。

最初に「バブルは？」と聞いてきたのは、美香だった。彼は、さあ、と言い、パジャマの胸もとをぽりぽりと掻《か》いた。「知らないな。そのへんにいるんじゃないか」

ひと騒動持ち上がることは、覚悟のうえだった。彼は冷静さを保とうと努力した。

「変ね。いつも、私たちが帰ると飛んで来るのに」

「パパはさっきまで二階で寝てたし、美香たちも留守だったからね。誰も相手にしてくれなかったんで、ふてくされて、どっかにもぐりこんで寝てるんだよ、きっと」

美香は浴室やトイレを探し、二階の子供部屋を見に行き、どこにもいないとわかると落ち着きを失って、居間のソファーの後ろやセンターテーブルの下など、とても犬がいるとは思えない場所を次々と覗《のぞ》きこみながら、半べそをかき始めた。

「ママ。バブルがいない。どこにもいないよ」

それまで娘の動きにもさしたる注意を払わず、もくもくと夕食の支度にとりかかっていた亜紀子は、その時初めて、怪訝《けげん》な顔をして美香を振り返った。

「ほんとにいないの？」

「いないよ」と美香は言い、「バブル！」と犬の名を呼んだ。「バブル、どこにいるの？出ておいで！」

真美も、姉と一緒になって家中を探し始めた。犬の名を呼び続ける、かん高い子供たちの声が響きわたった。妻もそれに続いた。階段を駆け上がり、二階の部屋のクローゼットやトイレのドアを開け閉めし、再び転げるようにして降りて来る。次に女たちは庭に飛び出し、ヒステリックに口笛を吹いて犬の名を呼び続けた。バブル！　バブル！　おいで！

どこなの？

ついに美香が泣き出した。それに続いて、真美もしくしくやり始めた。亜紀子が居間に駆け戻って来て、貢に聞いた。「あなた、知らないの？　どこか窓を開けっ放しにしてたんじゃないの？　バブルがそこから外に出たことに、気づかなかったんじゃないの？」

「気づくも気づかないも」と貢は言い訳がましく答えた。「俺は熱があって寒けがして、ずっと布団にもぐりこんでたんだ」

おかしいわ、と亜紀子は誰にともなく言い、眉間《みけん》に深い皺《しわ》を寄せた。「猫じゃあるまいし。呼んだら、必ず出てくるはずなのに」

「ひょっとして、あれかな。きみたちが出かけた時、ついて行ったのかも……」

「だったら、すぐにわかったはずよ。変だわ。窓が開いてたとしたって、簡単には外に出ないような犬だったのに」

「病気になったのかもしれない」美香が泣きじゃくりながら言った。「家のどこかで死んじゃってるのかもしれないわ」

「そんなことあるわけないでしょ」亜紀子はぴしゃりと言った。「バブルは元気いっぱいだったじゃないの。今朝も御飯をちゃんと食べたし」

真美が大きく顔を歪《ゆが》ませた。「バブル、家出しちゃったの？」

まさか、と亜紀子は言った。「家出なんかするものですか。近くにいるんだわ。近所をうろうろしてるのかもしれない。あなたたちはここにいなさい。ママ、探してくるから」

妻は身をひるがえし、玄関から外に飛び出して行った。美香はティッシュで鼻をかむと、すぐに母親の後を追った。真美もそれに続いた。束の間、家の中が静かになった。

妻や子供たちがそれほどまでに可愛がっていた犬を捨ててきたことに、貢は胸が痛むのを覚えた。自分は間違っていたのではないか、とふと思った。そんなふうに思ったのは、およそ初めてのことだった。

あれがもし、ただの犬だったとしたら……そう考えると、歯の根が合わなくなるほど恐ろしくなった。川原の言うように、自分は疲れすぎていたのかもしれない。いや、それどころか、知らず知らずのうちに精神を病んでいたのかもしれない。だからこそ、あの犬に対して、説明のつかない嫌悪感を抱き、妄想をふくらませてしまったのかもしれない。

確かにあの犬が来てから、周囲で人が死んだり、怪我をしたり、家庭不和に陥ったり、ろくでもないことが相次いで起こった。だが、それがもし、偶然の一致にすぎないことだったとしたら？

予期せぬ出来事が起こるのは、誰のせいでもない。生きている限り、理不尽なことは必ず起こる。起こった出来事をどう解釈し、どう受け止めるかは、すべてそれを受け取る側の精神の強靭《きょうじん》さにかかっている。脆弱《ぜいじゃく》な人間は、ノイローゼに陥る。あるいは怪しげな宗教に走る。最悪の場合は自殺する。

彼はおそるおそる、バブルが使っていたソファーの上のクッションを見つめた。おかしかったのは、犬ではなく、俺のほうだったのではあるまいか。だから、不運な出来事をことごとく犬と結びつけて考えてしまったのではないだろうか。だとしたら、俺は……。

気がつくと、目の前に亜紀子が立っていた。シンプルな紺色のパンツスーツの胸もとに、プチダイヤがついたネックレスが下がっている。三年前の結婚記念日に、ボーナスをやりくりして買ってやったものだ。宝石店のバーゲンで手にいれた安物で、亜紀子がもし実家にねだれば、その五倍の大きさのダイヤの指輪くらい、簡単に買ってもらえたに違いないというのに、亜紀子はそれを何よりも大切にしている。外出する時は、必ず身につけている。それを目にするたびに、彼は何故か、わけもなく温かい気持ちになる。

彼女はつと、彼の目の前に指を突き出した。

「これは何？」

透明なマニキュアが塗られた指が、何かをつまんでいた。彼は近眼の人がやるように、目を細めてそれを見た。長い間、見つめていても、それが何なのか、わからないような気がした。

「車の中に落ちてたわ。助手席の下にたくさん。これ、バブルの毛よ。間違いなくバブルの毛。あなた、バブルを車に乗せたのね？」

亜紀子の背後に、静かな亡霊のように娘たちの姿が重なった。真美はしゃくりあげながっと貢を睨《にら》みつけている。

ら母親の服の裾《すそ》をしっかりとつかみ、美香はその真美の手を取りながら佇《たたず》み、三人ともじ

「捨ててきたのね？　バブルを車に乗せて。どこか遠いところに捨ててきたのね？　私たちがいないのをいいことに、厄介払いしようとしたのね？」

違う、と貢は呻《うめ》いた。そう言うしかなかった。「違う。なんてことを言うんだ。俺は知らない。だって俺はずっと……」

「寝てた、って言うの？　嘘おっしゃい。あなた、熱なんかなかったのよ。始めっから計画してたんだわ。いつかはこんなことが起こるんじゃないか、って思ってた。やっぱり起こってしまった、ひどいわ。ひどすぎる。あなた、異常人格者よ。私のことはまだしも、美香や真美がどう思うか、考えなかったの？　いったい全体、どういうつもりでこんなひどいことをしたのよ」

「誤解だよ。俺は何も……」

「バブルの何が気にいらないのよ。どこに捨ててきたの。はっきり言って！　これから探しに行きますから」

亜紀子は涙声になっていた。母親の涙に誘われて、娘たちも激しく泣き出した。

「おい、亜紀子。ちょっと聞け」貢はソファーから立ち上がり、妻の腕に触れようとした。

亜紀子はその手を邪険に払いのけた。

「汚らわしい！　触らないで。私だけじゃなく、子供たちにも金輪際《こんりんざい》、触らないで！」

「パパのばか！」真美が叫んだ。

死んじゃえばいい！　と美香が怒鳴った。「もうパパなんかじゃない」

言葉を失い、貢は立ちつくした。何か言え！　何か言うんだ！　嘘でもなんでもいいから、何かもっともらしいことを言って、みんなの気を鎮めるんだ……そう思うのだが、なんの言葉も浮かんでこない。

亜紀子は目尻《めじり》に浮かんだ涙を手の甲で乱暴に拭《ぬぐ》い取ると、母親らしい仕草で娘たちを抱き寄せた。「さあ、探しに行くのよ。バブルはきっとどこかにいるわ。美香や真美のことを待ってるわ」

「どこを探すの？　どこにいるか、わかんないよ」美香が泣きじゃくった。いいの、と亜紀子はきっぱり言った。「日本中、世界中だって探してあげる。バブルが見つかるまでママが探してあげる。だから、さあ、もう泣かないで。行きましょう」

子供たちに靴をはかせ、外に出し、そこで待っているように、と言いおくと、亜紀子は二階に駆け上がって行った。しばらくの間、何かごそごそ動き回る物音が続いた。貢は階段の下に佇んだまま、その物音を聞いていた。

やがて亜紀子が、大型スーツケースをひきずりながら降りてきた。何が起こりつつあるのか、聞かなくともわかった。貢は、おい、と言った。嘘をつき通すべきか。それともこの場でひれふしてあやまるべきか。何もかもがわからない。耳の中で、どくどくと血が泡立つ音が鳴り響く。

「そんな真似はよせ。頼む。俺の話を聞いてからにしろ」

亜紀子は応《こた》えなかった。涙でマスカラがにじんだ目は、怒りや憎しみを通り越し、ただ遠くの、漠とした景色を眺めているだけのように見えた。

しばらくしてから、ガレージで車にエンジンがかけられる音がした。タイヤが激しく地面をこする音がした。

貢は裸足《はだし》のまま外に飛び出そうとして、虚をつかれたように立ち止まった。車の音はまたたくまに遠ざかり、やがて何も聞こえなくなった。

8

三日が過ぎた。その間、貢は一睡もせずに、パジャマ姿のままで家にいた。妻や子供たちを探しに行きたいと思いつつ、いつ自宅に亜紀子から連絡が入るかわからない。自分が留守にしていると知ったら、おさまりかけていた亜紀子の気持ちが、また逆戻りしてしまうかもしれない。そう思うと、家を空ける気にはなれなかった。

会社には風邪をひいた、と嘘を言った。電話口に出てきた上司は、表むき病状を案じているような口ぶりで、好きなだけ休みなさい、と言った。風邪から肺炎でも引き起こし、入院してくれれば社員が一人片づく、と思っているに違いない……そう想像したが、別段、腹は立たなかった。そういう状態に会社があることは百も承知だったし、妻子が行方不明になった今、そんな小さな問題で苛立《いらだ》つのはあまりにもばかげている。

恥をしのんで、亜紀子が立ち寄りそうな場所すべてに電話をかけまくった。美香や真美の友達の家、亜紀子の学生時代の友人の家、そして亜紀子の実家はもちろんのこと、娘たちのピアノの教師のところにまで。

亜紀子の実家では、父親ではなく、使用人の一人が電話口に出てきた。そう申し渡されているのか、それとも、それが事実なのか、覚えのある年老いた使用人の男は「お嬢様はここしばらく、こちらにはお見えになっておりません」と言った。連絡もないようだった。亜紀子が孫たちを連れて行方知れずになったことを義父に知られようものなら、事態がさらに深刻化してしまう。貢は、今回の一件には触れずに受話器を置いた。

都内のホテルに滞在しているのではないか、と思い、電話帳を片手に片っ端からホテルと名のつくところに電話をかけてみた。亜紀子はキャッシュカードやクレジットカードを持って出たはずだった。亭主がわずかばかりためこんでいる銀行預金を空にするつもりなら、ここしばらくの間、親子三人、ホテル暮らしを続けることは充分、可能だった。

だが、どこにも亜紀子らしき親子連れは泊まっていなかった。ひょっとしてホテルではなく、旅館にいるのでは、と考え直し、次にすべての旅館をあたってみた。結果は同じだった。

四日目になると、不安が絶望に変わった。バブルを探し回り、野宿しているうちに、何者かに襲われたのではないだろうか。襲われ、親子とも刺し殺されて、車ごとどこかのダムか何かに沈められてしまったのではないだろうか。

彼は台所にあったビールをすべて飲みつくし、スコッチのボトルを空にした。考えれば考えるほど、自分のばかさ加減にうんざりした。もはや、あのどことなく不吉な印象のある犬のことなど、どうでもよくなった。すべて自分の思い違い、自分の病んだ精神が引き起こした、つまらない妄想だったと言いきることができた。

妻の怒り、娘たちの悲しみが痛いほど理解できた。もしも自分が、妻にロンを捨てられたら、同じことをしたかもしれない、と彼は思った。そればかりか、即刻、離婚話を口にしていたかもしれない。

犬が縁で親しくなり、幾多の困難を乗り越えて結婚し、共に念願だった犬を飼い、子供たちを育て、甲斐性《かいしょう》のない夫相手に精一杯、楽しい家庭を作ろうと努力してきてくれた亜紀子だった。もっとも失いたくない人、もっとも失うべきではない人が亜紀子だった。おそらくは娘たち以上に。

思いついて、美香や真美の学校に電話してみた。学校側から何ひとつ、自宅に連絡がないということは、亜紀子が適当な口実を作って子供たちに学校を休ませているに違いなかったが、それでも不安は拭えなかった。

電話口に出た担任の教師は、いくらか怪訝《けげん》な声で、「お母様のほうからご連絡いただいてますけど」と言った。「なんでも、お身内に不幸があったとかで、しばらく欠席させるからと」

そうですか、と貢は言い、慌てて「そうでした」と言い換えた。いずれにしても滑稽《こっけい》な応答だった。詮索《せんさく》好きな学校関係者の間で、即刻、まことしやかな噂が広まっていく様子が目に見えるような気がした。小野寺さんとこのご両親、なんかあったみたいよ……と。

やはり、警察に捜索願を出すべきだ、と彼は思った。だが、それは何か恐ろしいことの起こる前兆のような気がした。警察に行き、妻子が行方不明になったと告げた途端、最近、発見されたばかりの変死体の写真を見せられるのではないだろうか。そして俺は、その見るも無残な変わり果てた姿の中に、自分が贈ったプチダイヤのネックレスを見つけてしまうのではないだろうか。

五日目の朝、電話が鳴った。亜紀子たちがいなくなってから、初めて鳴った電話だった。

外ではしのつくような雨が降っていた。ソファーでまどろんでいた貢は、弾《はじ》かれたように飛び起き、受話器をつかんだ。もしもし、と言い、自分が受話器を逆さに握っていることとを知って、慌てて持ち替えた。あまりにもすさまじい不安と期待のせいで、胃がでんぐり返りそうになった。

「もしもし?」と受話器の奥の声が言った。それは、二度と聞けないと思っていた、妻の澄んだ声だった。

「あなたなのね? ああ、いてくれてよかった」

優しい口調。しみじみとした溜《た》め息。怒りも憎しみも軽蔑《けいべつ》も何もかもが消え去り、消え去った後で以前にも増して、情愛があふれ、とまどいながらもそれを受けいれているような、そんな声。

気がつくと、彼は涙ぐんでいた。嗚咽《おえつ》がこみあげ、声が出なくなった。我を忘れた。彼は小鼻をひくひく動かしながら「亜紀子」と語りかけた。涙があふれた。唇が痙攣《けいれん》した。嗚咽がもれた。だが、恥ずかしいとは思わなかった。

「無事でいるから心配しないで。ごめんなさい。もっと早く、連絡すればよかったんだけど、いろいろバタバタしてたものだから」

「俺が悪かった。すべて俺のせいなんだ。どれほど心配したか。あれから一歩も家を出てないんだ。いつきみから電話がかかってきてもいいように、ずっと家にいたんだ」

亜紀子は優しくなだめるように言った。「もういいの。私のほうこそ悪かったわ。大人げないことをしたんですもの。恥ずかしい。死んでしまいたいくらい恥ずかしいわ」

「今、どこにいる。ホテル？　旅館？　全部、探したんだよ。きみの実家や美香たちのクラスの友達の家まで電話したんだ。あとはもう、捜索願を出すしかない、と思ってた。今日にでも警察に行くつもりでいたんだ」

ほんとにごめんなさい、と亜紀子は言った。「実はね、私、マンションを借りてしまったの」

「マンション？」

「ええ。あの晩はホテルに泊まったんだけど、翌日、子供たちを連れて、適当な空き部屋を探しながら、不動産屋を歩き回ったの。どんなマンションでもいい、と思ってたせいか、すぐに見つかったわ。２ＤＫの狭くて汚いところだけど、とっても家賃が安いし、あなたと一緒に暮らすよりはましだと思って……ごめんなさい。でも、その時は本気でそう思ったのよ。すぐに契約をすませて、三日前からここにいるわ。最小限の家具もそろえたの。食器や布団まで買って。でも、電話はまだついてないのよ。そこまで余裕もなかったし。だから、今、外の公衆電話からかけてるの」

「ばかなことをして」貢は嗚咽を飲みこんだ。「きみの家はここなんだ。他のどこでもない。ここしかないんだ」

わかってる、と亜紀子は言った。「そのとおりよ。子供たちの学校のことも何も考えずに、こんなことをしでかして、ほんとに私、ばかだったと思ってる。あなたに言われたとおり、私はお嬢さん育ちで、世間知らずのとんでもない人間だったのね。昨日の夜、一晩、考えたの。こんなことをしてちゃいけないんだ、ってわかったの。あなたがバブルを捨てに行くなんてこと、ありえないのよね。あなたはそんなこと、できる人間じゃない。なのに、カッとして、私、あの時、勝手にそう思いこんでしまったんだわ」

　びっくりした？　と亜紀子は興奮したいたずらっぽい口調で聞いた。「バブルがここにいるのよ。後でゆっくり話すけど、それはそれは不思議なことが起こったの。昨日ね、美香たちと一緒に買い物をすませて帰ってみると、私が借りたマンションの前に、バブルがいたのよ。ちょこんと座って、私たちを待ってたの。どうして私がそのマンションを借りたことがわかったのか、どう考えてもわからない。でも、とにかくバブルがいるの。戻って来たの。ああ、貢。信じられないでしょう？　あなたを驚かせようとして、今まで黙ってたけど、やっぱり喋《しゃべ》っちゃった。また元どおり、私たち一緒に暮らせるわ。どうして行方をくらましたのか、あなたと二人、じっくりバブルから聞き出してやらなくちゃ。おとぎ話みたいだわ。奇跡が起こったのよ。未《いま》だに信じられない」

　亜紀子……そう言おうとして、貢は口を〝あ〟の字に開けたまま、何も言えなくなって凍りついた。ビールの空き缶や煙草の吸い殻、湿気《しけ》たカシューナッツなどが転がっている部屋の片隅で、小野寺貢は自分が誰と電話で喋っているのか、何をしているのか、これから何をしなければならないのか、何もかもわからなくなり、手からすべり落ちていった受話器の奥で、亜紀子の声が小さな虫の羽ばたきのように繰り返されているのを呆《ほう》けたように聞いていた。

親友

死んだ水原《みずはら》が今夜もまた、やって来た。

午後十一時を過ぎるころ、消したはずの玄関の明かりがぼんやりと点滅し、ああ、また来たのか、と思っていると、いつのまにか三和土《たたき》の上に水原が水のような顔をして立っている。

今夜はだめなんだ、疲れてててね、すまないが、この次にしてくれないか……そう言いたくなる時もあるのだが、つい、あがれよ、と声をかけてしまう。

毎日蒸し暑くていやになるな、畳がべたついてかなわないよ、などと天候の話などしているうちに、聞いているのかいないのか、水原はふわりと中に入って来て、幹夫《みきお》の脇を通り過ぎ、廊下をすべるようにして北向きの小部屋に向かう。幹夫の書斎に通じる、畳敷きの小部屋である。

疲れた時など、ごろりと横になれるから、と独身時代は万年床を敷いておいた。まだ元気だったころの水原と二人、汚れた布団のシーツの上にサキイカだの南京豆の袋だのを並べながら、小説の話、映画の話、女の話に花を咲かせつつ、朝まで飲み明かしたのも懐かしい思い出である。

だが、幹夫が三年前に夏子《なつこ》と見合い結婚してからは、万年床の宴《うたげ》とも縁が切れた。夏子が小部屋をきれいに片付け、どこからか買って来た民芸調の座卓を置いたからだ。そのうえ、夏子は古くなった綸子《りんず》の着物をほどき、手縫いで座布団を作って並べてくれた。部屋は見違えるほど小ざっぱりと様変わりした。

水原は夏子のセンスを褒めたたえた。彼が夏子の美しさ、楚々《そそ》とした色香に惹《ひ》かれているのであろうことは、幹夫にもすぐにわかった。古くからの大切な友人が、自分の妻に魅力を感じてくれる、ということは彼にとって嬉《うれ》しいことだった。

水原があまり夏子を褒めるものだから、ついつい幹夫はからかってやりたくなった。おまえも夏子のような女を探せばいいじゃないか、と言いながら、わざと夏子の身体をまさぐってみせたり、酔いにまかせて夏子の背を強く押してやったこともある。

押されてよろめいた夏子は、小さく叫んで水原の肩にしがみついた。水原は真っ赤な顔をして夏子を受け止めた。いやね、あなた、ふざけないでください、と夏子が小声で怒ったように言いながら、台所に去って行く後ろ姿を見送り、余裕たっぷりにげらげら笑ってみせるのも、幹夫にとってはまた、酒の席の楽しい余興であった。

その水原は肝臓の病に倒れ、つい三月ほど前、呆気《あっけ》なく逝った。

幹夫は自ら葬儀委員長をかって出たのだが、葬儀は故人の生前の孤独をなぞるかのような、列席者の少ない、寂しいものになった。死者を送る言葉もどこか空しく響き、出棺の際、五月にしては珍しく雷が遠くの空で轟《とどろ》いて、途端にあたりが暗くなった。ぱらぱらと、勢いづいたかのごとく降り出した雨は、雨というよりも雹《ひょう》に近く、石つぶてのように柩《ひつぎ》にあたって四方八方に砕け散った。

死んだ水原が訪ねて来るようになってから、夏子はあまり口をきかなくなった。もともと口数が少なく、何を考えているのかよくわからない女だったのだが、身体でも悪くしたのか、三度の食事にもほとんど手をつけない。話しかけても浮かぬ顔でうなずくだけで、とりつく島もない、といった按配《あんばい》である。

わけを聞いても、答えようとはしなかった。水原が来るのが怖いのか、と聞かずもがなのことを聞いても、黙って首を横に振るばかりで、やつれた面差しが幹夫にとって、いくらか鬱陶《うっとう》しかった。

かと思えば、日がな一日、台所に立ちづめで、必要もなさそうな料理の下ごしらえだの、小山のように積んだ泥つきの里芋の皮むきだのをし始める。冷蔵庫には、誰も食べない料理が詰められて、扉を開けるたびに中のものがあふれ出す。

水原が来ると、夏子はその料理を小鉢に分けて座卓に並べた。水原がぼそぼそと箸《はし》をつけ、ああうまい、と水の中で喋っているような声を出すと、夏子は口をおさえて小部屋から飛び出し、便所に走って、げえげえと吐き戻すのだった。

「もう、耐えられません」とその晩、夏子は幹夫に言った。

さっき来たばかりの水原は、すでに北向きの小部屋に入り、座卓に向かって正座してわずかに頭を垂れている。部屋の電燈《でんとう》が煌々《こうこう》と黄色い光を投げかけているというのに、畳の上にも座卓の上にも、水原の影は見えない。

台所にいた夏子は、すでに盆の上にビールグラスとつまみの入った小鉢を二つずつ載せ、それを幹夫に差し出しながら涙を落とした。「いつまでこんなことが続くの？　お願い。もう来ないで、って言ってください。あなたの言うことなら、あの人、聞いてくれるかもしれない」

幹夫はゆっくり首を横に振った。

「きみの気持ちはわかるけどね、他に行くところのないやつなんだ。あいつは、きみの作る手料理を楽しみにやって来る。きみに会いたいと思ってやって来る。あいつの寂しさは、多分、生きている我々には想像もつかないものなんだ。そう思わないか」

「でも、気が変になりそうなの。あなたの大切なお友達だった人なんだから、なんとかおもてなしをしてあげたい、と思うのだけど、でも、あの人はもう死んでるのよ。死んだ人が、どうしてここに……」

はらはらと涙をこぼして泣く妻に、幹夫は盆を押しつけるようにし、「これはきみが持って行きなさい」と冷たく言い放った。「いいね？　きみが酌をするんだ。そうしてさえやれば、彼はおとなしく帰って行く」

どこに、と妻が聞いた。「どこに帰るの」

その声に重なるようにして、台所の青白い蛍光灯が、わずかにふわりと暗くなった。闇に埋もれた勝手口の片隅に、小部屋にいるはずの水原がぼんやりと立っているような気がした。

夏子と連れ立って小部屋に行くと、水原はどこも見ていないような目をして、まっすぐに前を向いたまま、今夜は蒸すね、と言った。

網戸の外の軒先で、ちり、と短く風鈴が鳴った。

「風が出てきた」幹夫は言った。「これで少し、しのぎやすくなるだろう」

水原は黙っていた。

夏子が震える手でビールの酌をしてやると、水原は土色をした顔にわずかな笑みを浮かべた。痛々しい笑みだった。

理由をつけて立ち上がろうとする夏子を制し、幹夫は一人で陽気に喋り続けた。プロ野球の話、学生時代の思い出話、水原と行った旅先での失敗談、今進めている仕事について……聞きながら水原は、歯のない人のような黒々とした口を開け、笑い声なのか、うめき声なのか、湿った土の臭いのするような声をもらすと、ふいにそれきり黙りこくった。

水原が黙り、動かなくなるのは、そろそろ行かねばならない、という合図だった。幹夫は気がつかなかったふりをして、あらぬ方に目を走らせていればそれでよかった。はたと我に返ると水原の姿は消えている。綸子の手縫いの座布団の上には、それまで人が座っていたというへこみは何も見えない。ただ、飲みさしのビールグラスが残されているばかりで、座卓に散った水滴の跡には、電燈の光がぎらぎら光っている……はずであった。

だが、その晩、水原は消えなかった。風鈴が、ちりちり、と鳴り、湿った風が吹きこんだ。水原は黙ってうつむき加減になったまま、座卓の一点を見つめていた。

おい、と幹夫は言った。「眠くてかなわんよ。こっちは明日も仕事なんだ。悪いが、そろそろお開きにさせてもらうよ」

ああ、と水原は声を出した。ぶくぶくと、暗くわきたつ泡のような声だった。

「すまないね」

「あやまることはないさ。なにしろ、この暑さだろう。早く起きて、涼しいうちに仕事をしておかないと、はかどらない。早寝早起きが一番でね」

「うん」

同調するのだが、水原は立とうとしない。夏子が眉《まゆ》をひそめて幹夫を見た。

「ビールもう一杯飲んで、飲んだら帰れ。いいな?」

「うん」と水原はうなずき、枯れ葉のような色をした手でビールグラスを持つと、夏子に向かって差し出した。

夏子がいやいやをするようにビール瓶を幹夫に押しつけた。はずみで瓶が転げ落ち、畳の上に琥珀《こはく》色の水たまりを作った。

ははっ、と幹夫は笑ってみせた。

「やれやれだ。あいにくビールはこれで最後なんだ。残念だな」

いいさ、と水原は言った。うつむいた水原の顔に暗い影が落ち、水原の眼窩《がんか》をえぐっていくのが見えたような気がした。

風鈴がなりをひそめた。遠くに雷鳴が響きわたったが、あたりは奇妙に静かだった。

俺たちはもう寝るぞ、と幹夫はあくびまじりに言った。水原は応《こた》えなかった。

夏子を従えて小部屋を出、襖《ふすま》戸を閉じた。しがみついてくる夏子の手の熱さが不愉快だった。その手を追い払うようにしながら、幹夫は二階の寝室に上がった。

「ずっといる気よ。どうするの」階段を上がりきったところで、夏子は声を震わせながら彼の前に立ちはだかった。

どうするの、と聞かれても幹夫には答えられない。来てしまうものは仕方がない。そうとしか言いようがない。

もし、明日の朝になって、あの小部屋に水原が同じ姿勢で座っているのを見つけても、俺は、出て行け、とは言わないかもしれない、と幹夫は思い、ふと、出て行くべきは水原ではなく、夏子のほうなのではないか、と考えて、その異様な思いつきに胴震いした。

青い夜の底

蒸し暑さの残る、秋の日の遅い午後だった。男は、駅裏にある古びた侘《わび》しい喫茶店で、ラジオ局の人間と会っていた。

今度こそは、という淡い期待がないではなかったのだが、あえなく夢は打ち砕かれた。型通り、天候の話などを繰り返した後、相手は淡々とした口調で、「実は大変、残念な結果になりまして」と切り出した。

指摘された点を何度も書き直し、懸命に努力したというのに、男が書いたラジオドラマの脚本は結局、採用できない、という話だった。遠回しに「もうこれ以上は直しようがないでしょう」とも言われた。

男はすがる思いで、別の新しいものを書かせてください、と懇願してみた。だが、相手は苦笑いを浮かべて目をそらしただけだった。

「それで、今日はこれをお返しに来たわけなんです」と相手は言った。「何度も書き直していただいたんですから、そっけなく郵便や宅配便で送り返すのも失礼だと思いましてね。

ま、こうやって私がここまで足を運んだのが、せめてもの気持ちということで」

男の目の前に、脚本原稿の束が入れられている茶色の封筒が押し出されてきた。男が以前、手渡した時の封筒と同じもので、それはあちこちがすり切れ、ほとんど破れそうになっていた。

ラジオ局の人間は、これで用がすんだと言わんばかりに、せいせいした顔つきで腕時計をちらりと見ると、「さて私はそろそろ」と言った。「これから急いで社に戻らないといけませんでね」

「わざわざ遠くまで来ていただいて……」と男は言った。怒りとも悲しみとも絶望ともつかぬ気持ちが渦巻いていて、それ以上、言葉が続かなかった。

「まだお若いんだから」とラジオ局の人間は軽々しく慰めるように言った。「三十五でしたよね」

「いえ、三十六です」と男は子供のようにみじめな気持ちで訂正した。

ラジオ局の人間は、あやすように軽くうなずき、「気を落とさずに、がんばってくださいよ」と言ってから、テーブルの上の伝票を手に取った。

「あ、それはぼくが」と、かろうじて男は言った。

相手から返ってきたのは、憐《あわ》れむような、蔑《さげす》むような表情だけだった。

ラジオ局の人間は入り口脇のレジで会計をすませ、男に軽く手をあげて店から出て行った。男は椅子に座ったまま、じっとしていた。

顔に大きなニキビの跡が残る、小太りの、無愛想な若い女店員がやって来た。飲み干された二つのコーヒーカップを盆に載せると、彼女は無言のまま厨房《ちゅうぼう》に戻って行った。さほど広くもない店だったが、気がつけば、男以外、客は誰もいなくなっていた。

生ぬるくなったグラスの水は、もうあと少ししか残っていない。男は水を飲み干し、しばらくぼんやりしていた。着ているジャケットの内ポケットから、もぞもぞとたばこを取り出し、火をつけた。ついでに携帯電話を手にとった。

マナーモードにして、胸の内ポケットに入れておいた。わざわざ確かめなくてもよさそうなものだったが、携帯が震えていることに気づかなかった、ということもあり得る。一縷《いちる》の望みを託した。だが、手にした携帯電話には、相変わらず着信履歴は表示されていなかった。

女が何の連絡もよこさなくなって、ひと月が過ぎようとしていた。いくら考えてもその理由がわからない。週に一度は会っていた。連日にわたって会うこともあった。会っていない時は、日に何度も、電話かメールで連絡を取り合っていた。あれほど互いが互いに溺《おぼ》れていたのだから、急に嫌われたとは、どうしても思えない。

しかし、何度、女の携帯にメールを送っても、返事はこなかった。試みに電話もかけてみた。電源が切られているようで、電話はつながらなかった。

いろいろと大変なことになっている、という話は、ここしばらく、ぽつぽつと寝物語に女から聞いていた。妻の帰宅時間が大幅に変わった、話しかけても上の空だ、男ができたのではないか、というので、夫が彼女に詰問し、彼女がうまく答えられずにいたため、家の中がごたごたしているようだった。女はそのことで深く苦しんでいた。

とはいえ、話に聞く限りでは、亭主はおとなしそうな男だった。中堅の家電メーカーの工場で事務の仕事をしているが、先天性の病気をもっていて身体《からだ》が弱く、ちょっとしたことで寝ついてしまうことも多いと女は言っていた。だからこそ、そんな夫を簡単には見捨てられない、でも、あなたとも別れられない、と女は嘆いた。

そんな亭主なのだとしたら、暴力的なふるまいに出るとは考えられなかった。腹をたてた亭主に携帯を壊され、新しい携帯に替えたものの、破壊された携帯からのデータが取り込めないままになって、連絡がつかなくなっている……などということも男は想像してみたが、その可能性は限りなくゼロに近かった。

激情にかられて、妻の携帯を壊すような亭主なら、とっくの昔に、大騒動が起こっていたことだろう。そもそも、携帯などなくても、女は男の住んでいる家を知っているのだから、家まで足を運んで来ればいいだけの話だった。会う方法はいくらだってあるはずだった。

それなのに、何の連絡もよこさないというのは、よほどのことが起こったか、もしくは、女が自分と別れるつもりで一方的に連絡を絶ったか、二つにひとつしかない、と男は暗い気持ちで思いつめるようになっていた。

都心から電車を乗り継いで一時間半。不便、というより、辺鄙《へんぴ》と呼ぶにふさわしい町だった。なじみのない、そんな町はずれに借家を借り、それまで住んでいた下町のアパートから引っ越してきたのも、女の職場である病院が、同じ私鉄沿線にあるからだった。

女は男よりも三つ年下の看護師だった。亭主との間に、子供はいない。妊娠したら看護師をやめるつもりでいるのだが、亭主の健康状態がよくないせいで、今後も期待できそうにない、という話は、つきあい始めた当初、男は女から聞いていた。

借家は静かな木立の奥に建っている。表通りから少し離れており、隣は神社で、家の居間からは神社の境内が見わたせた。

古い神社だった。地元の氏神様が祀《まつ》られている、という話だったが、管理する者がいならしく、ひどくさびれ、うす汚れていた。参拝客の姿を見かけたこともない。朽ちかけた社と、三メートルほどの高さの、すっかり色褪《いろあ》せた鳥居の周辺には、夏でもどこか寒々しい風がたっているようで、居間から見える風景としては、あまり気持ちのいいものではなかった。

神社とは反対側の、借家の玄関の外周辺には、神社の地所から続く木々が鬱蒼《うっそう》と生えていた。日当たりが悪く、うらさびしい場所ではあったが、男はその環境を悪くないと思っていた。

静かすぎるほど静かなので、脚本の原稿を書いたり、本を読んだり、ＤＶＤで映画を観《み》たり、朝な夕な考え事をしたりするには、最適な家でもあった。何より、一番近い隣家でも、百メートルは離れている上、家に出入りするためにそれぞれが利用する通りが別なので、めったなことでは人目につきにくい。亭主もちの女との密会に、これ以上、ふさわしい場所はなかった。

女が、病院での仕事を早めに終わらせることができる日は、あらかじめ約束し合って、男が駅まで女を迎えに行った。二人で男の家までの道を歩き、男が用意しておいた簡単な手料理を二人で食べ、軽く酒を飲み、借家の二階のベッドルームで女を大切に抱いた。

女は逢瀬《おうせ》を重ねるごとに、男に執着するようになっていった。大好き、愛してる、という言葉はもとより、あなたなしでは生きられない、と口走り、狂おしい目をして涙ぐむようにもなった。

終電の時間が近づき、もう帰らねばならないような時刻になっても、ぐずぐずして、いっこうに腰をあげようとしない。ほら、終電を逃したら、ご主人が怪しむよ、と尻《しり》をたたいて急《せ》かすのはいつも、男のほうだった。

出会ったころは、むしろ男のほうが女を追いかけていた。夢中になるあまり、女を振り返らせようとするのに必死だった。

「私、結婚してるんです」と女は言い、男の誘いを言下に断り続けていた時期もあった。

それなのに、ひとたびこうなってみれば、関係はどんどん逆転していきつつあった。

男は女に執着されることを心底、快く思い、喜んだ。男にとって、女との関係は、およそまともなツキに恵まれたためしのない彼の人生における、唯一の華やぎであり、光であった。

テーブルの上には、ラジオ局の人間が置いていった自分の脚本原稿が、くたびれた封筒に入ったまま置かれている。こんなものはもう、用がないのだから、捨ててしまおう、と男は思う。

自分には才能がないのか。単に運がないだけなのか。努力は常に報われない。金もなければ未来も見えてこない。

徒労感だけが残される毎日だった。食べていくために、誰でも書けるような、つまらない原稿を引き受けてはいるが、それとていつまで続くかわからない。早くまともなシナリオライターにならねば、という焦りと、亭主もちの女との、どうすることもできない恋の狭間《はざま》にいることが、彼から精気を奪い取っていた。

だからといって、女と別れることはできそうになかった。今、女を失ったら、文字通り、すべてを失うことになる。どんな理由があろうとも、女と完全に縁を切ることなど、考えられなかった。

女からの連絡を待っているのは、もう限界だった。今日一日待ってみて、女から何も言ってこなかったら、明日にでも女の職場に電話しよう、それで何かがわかるはずだ、と男は思った。そう思ったとたん、妙に猛々《たけだけ》しい気分にかられた。

同僚の看護師たちの間でも、自分たちのことが噂になっている、という話を女から聞いたことがある。女が、ふと弱気になって、同僚の一人に苦しい胸の内を打ち明けたのがきっかけらしい。

噂は瞬く間に拡《ひろ》がったようで、なんだか居心地悪くって、と女が困惑したような顔でこぼしていたのはよく覚えている。だから、病院に電話することだけは避けたい、と思っていたのだが、そうも言っていられない。

女が何のために連絡を絶っているのか、何があっても知りたかった。もし女が、自分との関係を断ち切る決意を固めているのだとしても、そのことを自分に告げる義務を放棄し、逃げ回るだけになっているのは許せなかった。

わけもわからないまま、冷たく突き放されなければならない理由はどこにあるのか。少なくとも、あれだけ愛し合っていたのは決して妄想ではなく、事実なのだから、自分には知る権利があるのだ、と男は思った。

男はテーブルの上の封筒を手に、席から立ち上がった。

顔に大きなニキビの跡がある女店員の姿はなかった。店内には外の夕暮れの、暑苦しいような濁った空気がなだれこんできているように感じられた。男がガラス扉に手をかけ、出て行こうとしても、店の奥から「ありがとうございました」という声は聞こえてこなかった。

店を出た男は、あてどなく駅裏商店街のあたりを歩きまわった。家に戻る気もせず、かといって行きたいところもない。

ふと、このまま電車に乗って、女が勤務している病院まで行ってしまおうかという思いが頭をよぎったが、必死になって自制した。そんなことをして、もしも女から、他人を見るような冷やかな目で拒絶されたら、今度こそ本当に生きていけなくなるような気がした。

酒が飲みたい、と男は思った。そう思ったとたん、飲みたくてたまらなくなった。何もかもが終わっているのに、終わったことがよくわかっていないような感覚の中に浮遊していること自体、我慢ならなかった。

駅裏から、ガードをくぐり、表のロータリー付近まで行けば、雑居ビルの一階に、以前にも何度か行ったことのある居酒屋がある。老いた夫婦とその娘が経営しており、この町同様、陰気で活気のない店だったが、他に夕刻から飲めるような店の心あたりはなかった。

雨はまだ降り出してはいないが、その分、蒸し暑さが増している。気温は高くないものの、空気がねっとりと肌にまとわりついてくるようで、いやな感じがする。

日暮れはどんどん早まっていく。あたりにぽつぽつと、まばらに灯《とも》された町のネオンが、いっそう風景を侘《わび》しく見せている。

ガード下の狭い歩行者用のトンネルをくぐろうとして、トンネル脇に錆《さ》びたドラム缶が置かれていることに気づいた。ゴミ捨てのためのドラム缶ではないようだが、誰かがゴミを捨てて行ったのを皮切りに、次から次へと人がゴミを投げ込んでいくらしく、缶は八割がたゴミで埋まっている。読み捨てられたタブロイド紙やコーヒーの空き缶、空のコンビニ弁当のパックなどが積み上げられているゴミの山の中に、男は持っていた封筒を乱暴な手つきで押し込んだ。

三か月かけて書き、半年かけて直し続けた脚本原稿だったが、もう未練も何もなかった。未来を失っているのだから、未練もない。女との関係もふくめ、執着しても、どうしようもないものばかりに囲まれて、一歩も前に進めなくなっている自分がみじめだった。

歩行者用トンネルに入り、湿った暗い通路を歩き出した時だった。男はあちら側の出入り口から、自分に向かって歩いて来る人影を見て、思わずその場に立ち尽くした。

信じられない気分だった。胸の中いっぱいに温かなものが拡がった。男は必死になって呼吸を整えた。これは夢か、と思いつつ、精一杯の笑みを浮かべてみせた。

「びっくりした」と目の前の人影が言った。焦がれていた女だった。黄緑色の薄手のシャツに、緑色の膝丈《ひざたけ》スカートをはいていた。「こんなところで会うなんて」

「こっちのセリフだよ、それは」と男は言った。「びっくりしたよ。ああ、ほんとに、びっくりした。もう会えないと思ってた」

「会えない、だなんて、そんなこと、あるわけないじゃない」

「だって……」

「あなたって、なんにもわかってないんだから」と女は愛情深く咎《とが》めるように言った。

「私たちが離れ離れになるなんてこと、あり得ないでしょ」

「でも……」

「そんなこと、当たり前じゃない。あなたはわかってると思ってたけど」

女は、くすっ、といたずらっぽく笑った。

「私、これから、あなたのうちに行こうとしてたのよ。どこかに行くところだったの？」

「いや、別に」

「だったら、一緒にあなたのうちに行きましょうよ」

「そうだね」と男は言った。大きく息をついた。「今日は、仕事、もう終わったの？」

「私、休暇をとってるの」

わけがわからなかったが、ともあれ、女は自分に会いに来てくれたのだった。今ここで、何故《なぜ》、長い間、連絡をよこさなかったのか、問い詰めるのは野暮のような気がした。詳しいいきさつは、家に着いてからゆっくり聞けばいい。

代わりに男は、弾んだ声で言った。「会えて嬉《うれ》しいよ、すごく」

「私だってよ。いつだって会いたいもの。会いたいのはあなたしかいないもの」

聞き違えや夢のシーンではないことを祈った。女は嬉しそうに男に近づいて来て、手と手をからませた。

なじみ深い温かな、やわらかな手だった。男は気が遠くなりそうになるほど、深い安堵《あんど》感に包まれた。

トンネルには、二人の他に歩行者はいなかった。高架を電車が行き交った。轟音《ごうおん》が響きわたった。急に土砂降りの雨が降り出したかのような音に聞こえた。

「雨かな」と男は訊《たず》ねた。

「いいえ」と女は答えた。にっこりと男に微笑《ほほえ》みかけた。左の頬に、見慣れたえくぼができた。男はそのえくぼを愛していた。

電車の行き過ぎる音は、長く、途切れることなく続いた。やがて、やっとあたりが静かになると、二人は、手をつないだまま歩行者用トンネルを出た。

駅裏の、うねうねと曲がっている道を十五分ほど歩けば、男の家がある。ただでさえ辺《へん》鄙《ぴ》な町の、何も目ぼしいもののない町はずれに向かう道である。

道路脇に並ぶ商店は少ない。売れているのかいないのか、埃《ほこり》だらけの革靴や長靴を売っている靴屋。いつ入っても空《す》いていて、賞味期限切れの菓子パンを平気で並べている小さなコンビニ。未亡人の老婆が、生まれつき足の不自由な息子と共に経営している古い酒屋。

店主が病死した後、店舗が雨風にさらされたままになっている中華そば屋……。

このさびしい道を、一人で歩かせたくなくて、男はいつも、女が来る時は、駅まで迎えに行った。むろん、帰りも駅まで送った。タクシーを呼ぶ、という方法もあったが、女は男と少しでも長い時間を過ごしたい、と言い、送り迎えされることを強く望んでいた。

今にも降り出しそうなほど、空気がべたついているというのに、雨の気配はない。いつのまにか、あたりはとっぷりと暮れてしまっている。外灯の明かりもやがて途絶え、周囲には田園風景が拡がり始めた。目の前に連なる道だけが、ほのかにぼんやりと、うす白く延びているのが見える。

女は男にもたれかかるようにして歩いている。あまりに全身を預けてくるので、その身体が重たく感じられるが、男はしばらくぶりに味わう安らぎに、歌いだしたいような気分にかられている。

「会いたかったよ」と男は言った。「気が変になるくらい」

「私だって」と女が言った。

「いったい全体」と男は言いかけ、その先の質問をのみこんだ。

女に何があったかは知らないが、そんなことはもう、どうでもいいような気がした。早く家に帰り着いて、女を抱きしめたかった。明るい電灯の下で、女の顔を見つめたかった。くちびるを合わせたかった。

ラジオドラマの脚本を断られたことも、この先、どうやって食べていけばいいのか、ということも、恋しい女には病気もちの亭主がいてどうにもならない、ということも、すべてのことが、男にとっては笑止千万の、問題とも呼べない、ゴミのようなものとしか思えなくなった。

自分はこの一か月間、いったい何を案じ、何を不安がっていたのだろう、と男は可笑《おか》しくなった。幸福感があふれた。あまりにも胸が熱くなったので、思わずつないだ手に力をこめた。

「どうしたの?」と女が訊《き》いた。訊きながら、さらに強く握り返してきた。

「あんまり嬉しくてさ」と男は言った。

「ほんとね。嬉しいわね」

「雨も降らないし、よかった」

「よかったわ」

「蒸し暑いのはどうとでもなる」

「そうよ。どうとでもなるのよ」

「気持ちがよければね」

「気持ちよくなるために、こうやっているんだし」

何をしゃべっているのか、よくわからない。思ってもいないことが、ただ無意味に口からあふれてくるだけのような気がする。なのに、会話が成立している。ふしぎである。

「もう、心配はいらないよ」と男は続けた。「永遠にいらないんだから」

「知ってるわ、それくらい。知りすぎてるくらいよ」

「ああ、気持ちがいいな」

「ほんと、すごく気持ちがいい」

「全身が清々《すがすが》しくてさ」

「それにとっても自由」

「羽ばたけば飛べるんじゃないか、ぼくたち」

「やってみる？」

男は笑った。しゃべっているうちに、男の家に行くための小径《こみち》が見えてきた。住宅はぽつぽつと建っているが、どの家にも明かりは灯されていない。

「みんな、留守みたいだね」と男は言った。

「お祭りに行ったのよ」

「お祭り？」

「そう。鎮守の森の」

「鎮守の森、って、あそこの？」

「そう。あそこの」

ますます、何を言っているのかわからない。しかし、わからないのに、何かを確実に伝え合っている時の深い満足感がある。

あたりはますます暗くなる。群青色の闇夜である。闇の中にさらに黒く、連なる木々のシルエットが浮いている。古い神社のある場所。その隣が男の家だ。

「もうすぐだ」と男は言う。

「もうすぐね」と女もおうむ返しに応《こた》える。無邪気な、くすくす笑いがそれに続く。

「何が可笑しいの？」

「もうすぐ、あなたをびっくりさせることができると思うとね。つい可笑しくなっちゃって」

「ぼくはもう、充分、びっくりしてるよ」

「まだ足りないわ」

「なんだろう、それって」

「もうすぐよ。待ってて。そのうちわかるから」小径に入ると、いっそうあたりは暗くなったが、小径の先、突き当たりの付近だけは違った。黄色い、飴色《あめいろ》の光がもれている。男の家からもれ出している明かりである。

「ほうら、もうすぐよ」と女が言う。楽しげなくすくす笑い。その愛らしい響きに胸躍らせながらも、男は自分が、何かこれまでと異なる、奇妙な気分にかられていくのを覚えた。

さびしいような、それでいてほっとするような。悲しいような、それでいて眠たくなるような。まとまりのつかない気持ちが押し寄せ、溶け合わないまま、手が届かないほど遠くに消えていこうとしている。男の家が近づいてくると、女は足を速めた。ほとんど駆け出さんばかりの勢いで、男の手をぐいぐいとひっぱる。男は苦笑しながら、女に手を引かれるまま、家の玄関ではない、居間のほうにまわった。

「なんで、こっちに？　玄関はここじゃないよ」

「しーっ」と女は人指し指をくちびるにあてがって微笑した。「いいのよ、ここで。ここでいいの」

「どうして？」

「だって」と女は甘える幼児のような声を出し、わずかに身体をくねらせた。つないでいないほうの手を宙に浮かせ、居間のガラス窓の向こうを指さした。

「ほら、見てよ」

言われるままに、男はガラス窓の奥に目を転じた。

居間には皓々《こうこう》と明かりが灯《とも》っている。おかしいな、昼間、ここを出る時は、明かりは灯していかなかったはずだが、とふと思う。思うそばから、感じ始めていたまとまりのつかない気分が強まってくる。沈みこむような、それでいながら、空中に浮き上がりそうな、落ちつかない気持ちになる。

明るい居間の片隅の、小さなデスクのあたりで人影が動いた。湿った風が吹いた。男の背後で、木々の葉がかさかさと鳴った。

男は目を見張った。どうして、と思った。思わず叫び出しそうになった。

室内にいて、デスクを前に眉間《みけん》に皺《しわ》をよせ、暗い顔をしてノート型のパソコンに向かっているのは自分だった。時折、ぱたぱたとキイボードをうつのだが、それもまもなくやんでしまう。デスクの上に置いた携帯を見つめる。何か操作をし、また、見つめる。深いため息をつく。

周囲があまりに明るいものだから、室内にいる自分のうしろには黒い影が落ちている。自分の影かと思ってみれば、そうではなく、それは別の何かをかたどったような形をしていて、室内にいる自分自身とは異なる動きをしている。

「あれは……」と男は口をぱくぱくさせながら言った。「あれは、まさか……」

「ほうらね」と女がからかうように笑う。「やっぱりびっくりしたでしょう?」

「どうしてだ。なんで、あそこにぼくが……」

「しーっ。あんまり大きな声を出さないで。気づかれたらまずいわ」

「な、な、何を言ってるんだよ。いったい何の話をしてるんだ」

「いいから、落ちついて」と女は男の手をきつく握りしめてくる。声が少し低くなっている。「気づかれないようにして。見てるだけよ。いい?」

しい。

「何を、何を」と男は続けた。悲鳴をあげそうになっている。心臓が苦しい。わけがわからなくて、わからないのだが、何やら、その通りであるような気もしてくる。それが恐ろしい。

また風が吹いた。森はざわざわと梢《こずえ》を揺らした。室内にいる自分は、絶望のため息をもらし、額に両手をあてがうなり、目を閉じた。

「な、な、な……」と男は吃音《きつおん》を繰り返した。「な、なんなんだ、これは」

「……忘れたの？」と隣にいる女が、上目づかいに男を見上げた。声はいっそう低くなっていた。青い夜の闇に閉ざされながら、洞窟《どうくつ》の奥底でしゃべっているような声だった。

「忘れた、って何をだよ」と男はわなわなと震えながら問うた。

「私たち、一緒に」と女は言った。言ってから、低く哀《かな》しげに笑った。「……一緒に……」

あああああ、と男は突然、腹の底から押し出すような声をあげた。あまりにいっぺんに記憶が舞い戻り、しかるべき場所にぴたりとはめこまれたため、その全体を受け入れることができない。できないのだが、すでにもう、男は全容を思い出してしまっている。

隣のさびれた、人けのない古い神社の社。社の裏には、中に出入りするための小さな戸口がある。蜘蛛《くも》の巣がびっしりと張りつめた、黴《かび》くさい戸口。そこから中にしのびこみ、最後のくちづけを交わした後、あらかじめ用意しておいた紐《ひも》を社の梁《はり》にかけ、二人同時に縊《くび》れてから、ひと月がたとうとしている。

ガラスの向こうの、ひと月前の自分が次第にうすれていく。室内の明かりもうすれ、ざらざらとして見えたかと思うと、ふっとかき消えた。

手をつないだ女が、男の隣で幸福《しあわせ》そうな吐息をついた。

また風が吹いた。木立がいっせいにざわめいた。

何か心もとない、さびしいような気持ちにかられたと思ったのも束《つか》の間、男の中で何かがピシッと弾《はじ》けるような気配があり、世界はたちまち、永遠の安らぎを得たかのように暗転した。

あとがきにかえて

*この「あとがきにかえて」は、出版芸術社より刊行された作品集『くちづけ』に掲載されたものです

このたび出版芸術社のほうから、私の短編作品中、異界の物語だけを選び出し、一冊に編みたい、という依頼があった。かつて、自薦短編セレクション全六巻の中に、幻想作品篇を設けたことはあったが、以来、幻想風味の作品だけを一冊にまとめたことはない。異界の物語、といっても、意外に数多くあり、選出は評論家の新保博久《しんぽひろひさ》氏に一任した。

必ずしも発表順にはなっておらず、中には、作者ですら、おぼろげな記憶の中にしか残されていないような作品も含まれている。

『しゅるしゅる』と『蛇口』は、これまでの、どの短編集にも収録されていない。作品の完成度という点で、作者自身が大きな不満を抱いていたからだが、長い歳月を経てみれば、未熟さもまた、愛嬌《あいきょう》になるかもしれない、と思い、加えることにした。

とはいえこの二作、今になって改めて読み返してみれば、拙《つたな》さが目立ち、気恥ずかしいばかりである。しかし敢《あ》えて手は加えずにおいた。読者諸氏には、作者の新人時代の習作として読んでいただければ、と思う。

それにしても、私はいつも、異界のもの、異形のものを描こうとする時、「美をはらんだ恐怖」を表現しようと、努力しているような気がする。美が感じられない恐怖は、ただ

単に、不吉で不快なだけのしろものではないだろうか。

異形のものたちは、寂寞《せきばく》とした闇の中にいながら、多分、今も、密《ひそ》かに我々の近くに寄り添っている。それらは窓をたたいて吹きすぎる風の音や、まっすぐに降りしきる雨、土の匂い、樹液の匂いなど、この世の美しい気配をまとって、立ち現れる。不吉なものを運んでくるのは異形のものたちではなく、生きている我々自身なのであり、彼らはただふわりと、静かに、そこにいるだけなのだ。

私は、「自分が死んでいることに気づかない死者」を好んで描くことが多い。時間軸がほんの少しねじれただけで、私たち自身、いずれそういうことになりかねない、と想像するからである。どちらが異形なのか、わからなくなるほどに、あの世とこの世とは、水のごとく溶け合っているのかもしれない。

ちなみに、本書収録作品中、作者の自信作ベスト3は、『ミミ』『くちづけ』『親友』である。

二〇〇八年三月

小池真理子

解説

新保博久

もし仮に小池真理子の怪奇幻想短篇傑作選を編む機会があるとすれば、収録作品の一篇を表題作に選ぶのでなく、「親しい死者たち」とでも題したい気がする。山川方夫（純文学作家ながら、星新一、都筑道夫とともにショートショート御三家と呼ばれたこともある）の短篇集『親しい友人たち』（一九六三年、講談社）のもじりにほかならないが、怪奇幻想系統の小池作品ではそれほど多くの人死にが出るのだ。数えたわけではないけれども、同じ著者の推理短篇より平均的に多いのではないか。その死者たちは、必ずしも恐ろしい存在ではない。むしろ登場人物たちは怖がっておらず、彼らが当たり前のように死者たちと付き合っていることが読者にとって怖いのだ。

その題名はまあ冗談で、仮に編む機会うんぬんと言ったが、実はすでに編んだことがある。収録希望作品リストを著者に見せて選択には一切異論を唱えられなかったけれど、「くちづけ」を表題作にして巻頭にも据えてもらいたいとだけ注文を出された。

というふうにして、二〇〇八年四月、出版芸術社から同社の看板シリーズの一つ〈ふしぎ文学館〉の小池真理子集として刊行されたのが『くちづけ』である。そのとき選んだ十四篇を、収録順でなく発表の古い順に書き並べておこう（丸数字は『くちづけ』の収録順。初出はすべて一九〇〇年代）。

⑦ディオリッシモ　『婦人公論』八六年八月臨時増刊
⑫車影　＊　『婦人公論』八七年八月臨時増刊
⑬蛇口　＊　『コットン』九一年八月号
③しゅるしゅる　『コットン』九二年二月号
⑥首　＊　『ミステリマガジン』九二年八月号
⑭災厄の犬　『ＥＱ』九三年十一月号
④足　『小説新潮』九四年三月号
⑧生きがい　『野性時代』九四年十月号
②神かくし　＊　『小説新潮』九五年三月号
⑨ミミ　＊　『野性時代』九五年七月号
⑪鬼灯　『小説トリッパー』九六年秋季号（九月）
⑩親友　『小説現代』九七年九月号
⑤康平の背中　＊　『七つの怖い扉』（新潮社）に書下ろし、九八年十月

①くちづけ　＊　『毎日新聞』九九年八月十六日夕刊

＊印を付した七篇は、本文庫からこの二〇一一年五月に刊行された『懐かしい家　小池真理子怪奇幻想傑作選1』に収録されているから、そちらでお読みになった読者も多いだろう。こうして年代順に並べると、初期にはオーソドックスな怪談が多く、近年になるほど他の作家の追随を許さない境地に到達しているようだが、著者の自信作も後半のほうに集中している。右記のなかでは最初の転機になっているのが「災厄の犬」だろう。初期作品でも怪奇幻想系統でないミステリ短篇は、むかし好きだったTVの「ヒッチコック劇場」をお手本に明快さを心掛けたというが、

「これ（「災厄の犬」）もどちらかというとヒッチコック劇場的な作り方になってはいるものの、意外な結末、というミステリー的な構成をとりながら、むしろそこに漂う気配のようなものを重視している点において、多少の進歩が認められる。成功しているかどうかは別にして、自分でも読み返していささか気味が悪く、その気味の悪さの質において、気にいっている作品の一つに数えることができる」（『小池真理子短篇セレクション1　サイコ・サスペンス篇Ⅰ　会いたかった人』巻末エッセイ「美をはらむ異常」、一九九七年、河出書房新社→集英社文庫）

と自己分析している。とはいえ、ここで怪奇幻想短篇がすらすら書ける骨法を会得した

わけではなく、「足」では締め切りに追われて自身の小学五年ぐらいの幻視（?）体験を持ってきたらしい。

「シチュエーションは、あのままピッタリで、お風呂場、一人で入るのは怖いから扉を開けておいて、間に廊下が挟まってて、向こう側にお納戸みたいな四畳半があって、籐椅子が横に置いてあって、私がこうやって湯船に浸かってたら、すーっと椅子から足が伸びてるんですよ。でも、不思議ね、ああいう時って、怖い感じはしないのね。なんなんだろう、これは、親を呼ばなきゃいけないって思うんだけど、声が出なくて、それで、ハッと瞬き一回した瞬間に消えてたの」（宮部みゆき・坂東眞砂子との鼎談《ていだん》「あなたの知らない世界　わたしも知らない世界」、『小説すばる』九四年九月号）

しかし、そのまま少女の視点で描かないところに技巧の冴《さ》えが見られる。この前後の時期は、怪異なものを直接登場させるというより、テクニックによって怖さを現出させる時代と言えそうだ。

それから近年に至って、もう読者を怖がらせよう驚かせようという姿勢を捨て、ほとんど自然体（本当は自然体に見えるべく計算された文体だと思うが）で、怖がりたかったらどうぞ、とでも言いたげな風情になっている。さりながら、本気で怖がらせる気になったら「康平の背中」のような凄《すご》いのが出てくるのだから油断ならない。

さて、もうお分かりだろうが、本書『青い夜の底』と既刊の『懐かしい家』と併せて本文庫版「小池真理子怪奇幻想傑作選」は、〈ふしぎ文学館〉版『くちづけ』収録作品を二分冊に再編集し、巻末に新作ホラー短篇を加えてそれぞれの表題作としたものである。元版の編者としては、前の形が失われてしまったのが少々淋《さび》しい。しかし、短期間に小池氏のスーパーナチュラル短篇を全部読み返すという、楽しくもきびしい工程を経て選んだ作品が、初刊時もなかなかよく選んであると大方からお褒めに与《あずか》ったものだが、さらに多くの読者に恵まれることを喜ぶべきだろう。

それにしても、元版で『くちづけ』という、恐怖小説集には不似合いにも思われる表題を著者が希望したのはなぜだろうか。〈ふしぎ文学館〉という叢書《そうしょ》全体が幻想・奇想の小説コレクションなのだから、どんな題名でも間違われる気遣いはほとんどないのだが、小池氏にはまた二〇一〇年に恋愛短篇集『Kiss』(新潮社)があるように、こうした題名は恋愛小説のほうにふさわしい。「くちづけ」が収録作品中の自選ベスト3の一つであり、他の二篇「ミミ」「親友」はどちらも、書名とするには響きに重みが足りないとしても。

だがホラーとくちづけと言えば、スティーヴン・キングのあまりに有名な言葉が思い出される。

「すぐれた長篇小説を読むのは、多くの点で、永くつづく情事を娯しむのに似ている。(中略)短篇小説はそれとはまったく異なる。短篇は暗がりで見知らぬ人から受ける、つかのまのキスのようなものだ。いうまでもなく、情事や結婚とは違うが、そのキスは甘美

でありえるし、短いことじたいが魅力なのである」(矢野浩三郎《こうざぶろう》訳)
大冊短篇集『スケルトン・クルー』(一九八五年)の序文(邦訳では扶桑社ミステリー文庫『骸骨乗組員』に収録)の一節だが、暗闇からの突然のキスさながら、恐怖と甘美の一体化は小池氏の怪奇幻想小説における理想でもあるらしい。
「度を越した美に対して、何の疑いも抱かなかった自分たちが愚かに思えた。美と暗黒とは常に紙一重なのだ。美しすぎるものの裏には、恐怖が控えている。そのことに何故、気づかなかったのだろう」というのは、氏のモダンホラー長篇第二作(といっても全部でまだ二作しかないのだが)『死者はまどろむ』(八九年、講談社ノベルス→集英社文庫)のヒロインがクライマックスで懐《いだ》く感慨である。この長篇では舞台となる怪しい村の由来がかなり説明される。
同じ怖い話でも小池氏自身は、「因果もの……親の因果が子に報い……ふうに仕立てられた話にはあまり興味を持たなかった。それよりも、何が原因なのか、何ひとつわからないままに語られる話のほうが好きだった」(「……」は原文。『小池真理子短篇セレクション3 幻想篇 命日』巻末エッセイ「現世と異界――その往復」、一九九七年、河出書房新社→集英社文庫)そうだが、その意味では『死者はまどろむ』に先立って書かれた『墓地を見おろす家』(八八年、角川文庫→角川ホラー文庫)のほうがセオリーに叶《かな》っている。『墓地を見おろす家』では、怪異の正体について輪郭は示されても、具体的に何者がどういう意図で仕掛けてきているのか、何もしていない主人公一家だけが執拗《しつよう》に狙い撃ちされるのはなぜか、一切説明されない。理解できないものこそ、いちばん怖いだろう。

「……これはもう本当に（スティーヴン・）キングに捧げるオマージュみたいなもので、キング的なファクターが随所にちりばめられている作品ですね。その意味では、日本で最初にこういうものを発表できたという自負もあったんですよ」（東雅夫インタビュー集『ホラーを書く！』九九年、ビレッジセンター出版局→小学館文庫）

　同書に限らず、小池氏の初期長篇は敬愛する先人へのトリビュート的要素が強く、最初の『あなたから逃れられない』（八五年、集英社文庫）や『仮面のマドンナ』（八七年、角川文庫）にはカトリーヌ・アルレー、『蠍のいる森』（同年、集英社文庫）にはルース・レンデルからの影響が色濃い。そして『墓地を見おろす家』に至ってトリビュートの域を超え、小池作品として独自性が屹立《きつりつ》するようになったのは、アルレー風の悪人たちの同士討ちサスペンスよりも、レンデルばりのサイコ・スリラーよりも、日常的な描写を積み重ねて異界へとジャンプするキング流モダンホラーが自家薬籠中《じかやくろうちゅう》のものにしやすかったというわけなのだろう。だが時代はまだ国産ホラーを受け容《い》れるほど成熟しておらず、むしろ同じ八八年の短篇「妻の女友達」で日本推理作家協会賞を受賞し、短篇ミステリの巧みさで評価されたものだ。

「——（東雅夫）御自分では長篇型・短篇型どちらだと。
小池　短篇型じゃないですか、たぶん。長期戦に弱いんですよね。あんまり長く書いてると飽きちゃう（笑）。自分で言うのもなんだけど、文章に凝るというか、文章のリズムと行間のニュアンスだけで恐怖を醸し出すようなものを書きたいなと思って、それで短篇の方にいっちゃったところもありますね」（「言葉が紡ぐ恐怖」、『幻想文学』第四十一号、九四年七月）

その恐怖短篇も近ごろご無沙汰《ぶさた》で、新作「懐かしい家」「青い夜の底」はファンの渇を癒《いや》すものだろう。久々に書いたことで、小池氏の怪奇幻想魂に火がつき、さらにモダンホラー長篇第三作が読めるなら、こんなに怖い、もとい嬉《うれ》しいことはないのだが。

初出・底本

「鬼灯」……………『薔薇船』ハヤカワ文庫
「生きがい」…………『ゆがんだ闇』角川ホラー文庫
「しゅるしゅる」……『悪夢十夜　現代ホラー傑作選4』角川ホラー文庫
「足」………………『水無月の墓』新潮文庫
「ディオリッシモ」…『夢のかたみ』集英社文庫
「災厄の犬」…………『会いたかった人』集英社文庫
「親友」………………『午後のロマネスク』祥伝社文庫
「青い夜の底」………デジタル野性時代二〇一一年十月

角川ホラー文庫「小池真理子怪奇幻想傑作選 全二巻」収録作

懐かしい家
小池真理子怪奇幻想傑作選1

「ミミ」
「神かくし」
「首」
「蛇口」
「車影」
「康平の背中」
「くちづけ」
「懐かしい家」

青い夜の底
小池真理子怪奇幻想傑作選2

「鬼灯《ほおずき》」
「生きがい」
「しゅるしゅる」
「足」
「ディオリッシモ」
「災厄の犬」
「親友」
「青い夜の底」

＊「小池真理子怪奇幻想傑作選1・2」は、二〇〇八年四月に出版芸術社より刊行された作品集『くちづけ』の収録作品を二分冊し、それぞれに新作短編を加えて文庫化したものです。

青《あお》い夜《よる》の底《そこ》　小池《こいけ》真理子《まりこ》怪奇《かいき》幻想《げんそう》傑作選《けつさくせん》2
小池《こいけ》真理子《まりこ》

角川ホラー文庫　17138

平成23年11月25日　初版発行
令和6年10月25日　10版発行

発行者——山下直久
発　行——株式会社KADOKAWA
〒102-8177　東京都千代田区富士見2-13-3
電話 0570-002-301（ナビダイヤル）
印刷所——株式会社KADOKAWA
製本所——株式会社KADOKAWA
装幀者——田島照久

●お問い合わせ
https://www.kadokawa.co.jp/（「お問い合わせ」へお進みください）
※内容によっては、お答えできない場合があります。
※サポートは日本国内のみとさせていただきます。
※Japanese text only

ISBN978-4-04-100035-9　C0193

角川文庫発刊に際して

角川源義

第二次世界大戦の敗北は、軍事力の敗北であった以上に、私たちの若い文化力の敗退であった。私たちの文化が戦争に対して如何に無力であり、単なるあだ花に過ぎなかったかを、私たちは身を以て体験し痛感した。西洋近代文化の摂取にとって、明治以後八十年の歳月は決して短かすぎたとは言えない。にもかかわらず、近代文化の伝統を確立し、自由な批判と柔軟な良識に富む文化層として自らを形成することに私たちは失敗して来た。そしてこれは、各層への文化の普及滲透を任務とする出版人の責任でもあった。

一九四五年以来、私たちは再び振出しに戻り、第一歩から踏み出すことを余儀なくされた。これは大きな不幸ではあるが、反面、これまでの混沌・未熟・歪曲の中にあった我が国の文化に秩序と確たる基礎を齎らすためには絶好の機会でもある。角川書店は、このような祖国の文化的危機にあたり、微力をも顧みず再建の礎石たるべき抱負と決意とをもって出発したが、ここに創立以来の念願を果すべく角川文庫を発刊する。これまで刊行されたあらゆる全集叢書文庫類の長所と短所とを検討し、古今東西の不朽の典籍を、良心的編集のもとに、廉価に、そして書架にふさわしい美本として、多くのひとびとに提供しようとする。しかし私たちは徒らに百科全書的な知識のジレッタントを作ることを目的とせず、あくまで祖国の文化に秩序と再建への道を示し、この文庫を角川書店の栄ある事業として、今後永久に継続発展せしめ、学芸と教養との殿堂として大成せんことを期したい。多くの読書子の愛情ある忠言と支持とによって、この希望と抱負とを完遂せしめられんことを願う。

一九四九年五月三日

ふしぎな話

小池真理子怪奇譚傑作選

小池真理子

東 雅夫＝編

魂が凍りつく、甘美なる恐怖。

死者が見える少女のとまどいと成長を描く「恋慕」に始まる連作3篇。事故で急逝した恋人の同僚と話すうち、ざらついた違和感を覚える「水無月の墓」。恋人の妻の通夜に出ようとした女性が、狂おしい思いに胸ふさがれる「やまざくら」など小説ほか、幼い頃家で見た艶めかしい白い足、愛猫のかたちをした冷たい風——日常のふしぎを綴るエッセイを加えた全13篇。恐怖と官能、ノスタルジーに満ちた小池作品の神髄を堪能できる傑作集。

角川ホラー文庫

ISBN 978-4-04-111522-0